IAN REYNOR

이안
레이너

FANTASY FRONTIER SPIRIT

이휘 판타지 장편 소설

이안 레이너 7

이휘 판타지 장편 소설

초판 1쇄 찍은 날 § 2016년 11월 14일
초판 1쇄 펴낸 날 § 2016년 11월 21일

지은이 § 이휘
펴낸이 § 서경석

편집책임 § 조은상

펴낸곳 § 도서출판 청어람
등록번호 § 제387-1999-000006호
등록일자 § 1999. 5. 31
어람번호 § 제1-2565호

주소 § 경기도 부천시 원미구 부일로 483번길 40 서경B/D 3F (우) 14640
전화 § 032-656-4452 팩스 § 032-656-4453
http://www.chungeoram.com
E-mail § chungeorambook@daum.net

ⓒ 이휘, 2014

ISBN 979-11-04-91041-8 04810
ISBN 978-89-251-3719-3 (세트)

FANTASY FRONTIER SPIRIT

이휘 판타지 장편 소설

IAN REYNOR

이안
레이너

7

도서출판

청어람

IAN REYNOR

이안
레이너

CONTENTS

1장

전격전

　내우외환이 겹친 락토르의 운명은 이제 풍전등화라고 해
야 할 지경까지 몰려 버렸다. 크리스토퍼 대공이 이끄는 7군
단과 휘하의 병력은 물경 30만에 달하는 대군이었다. 거기에
재상은 국왕이 마왕을 소환하기 위해 역병을 퍼뜨린 장본인
이라 세상에 공표하였고 얼마 지나지 않아 크리스토퍼 대공
의 병력이 락토르 왕가를 공격하려 하니 세간은 왕가가 머지
않아 멸망하리라 여겼다.

　'2군단… 먼저 그놈들을 제압해야 한다.'

　이안은 병력을 물린 채 휴식을 취하며 대국을 견지하기 시

작했다. 가장 먼저 해야 할 일을 떠올리니 2군단과 4군단의 병력들이 떠올랐다. 그들은 동북방에 머물면서 헥토르 후작이 일으켰던 반란을 정리 중이었는데, 그중에서 가장 중요한 것은 재상인 다아크 공작의 수족이라고 할 수 있는 2군단이었다. 그들을 제압해서 자신의 뜻대로 운용할 수 있느냐 없느냐에 따라 락토르의 앞날이 정해질 것이라 판단했다.

"이안! 쉬냐?"

"아니, 들어와."

토리를 비롯한 친구들이 들어오는데 모두가 조금은 걱정스러운 표정들을 하고 있었다. 국왕을 치기 위해 다아크 공작과 그 일당들이 왕성을 향해 밀려가고 있고 로크 제국에서도 30만 대군이 몰려들고 있다는데 걱정이 안 되면 그것도 이상할 일이었다.

"오늘은 야습 안 할 거니까 쉬라고 했잖아. 내일 빡세게 싸우려면 쉬는 것도 중요하다고."

그러나 그런 말에도 그저 웃는 둥 마는 둥 하는 친구들이 막사에 앉을만한 곳을 차지하며 자리를 잡았다.

"오늘 놈들이 싸우는 거 봤지?"

"봤지."

"우리가 군을 물려도 지켜만 보고, 우리와 싸울 생각이 없는 것 같더라고."

토리가 하는 말에 이안은 고개를 찬찬히 끄덕였다. 자신도 왜 그들이 군을 몰아치지 않았는지 대강은 짐작하고 있는 바였다.

"알고 있다."

"그렇다면 내가 걱정하는 게 뭔지도 알겠네."

"대강은."

이안은 토리가 걱정하는 바가 무엇인지 알고 있었다. 지금 상황에서 적들이 노리는 바는 두 가지일 것이었다. 하나는 자신들이 움직이지 못하도록 시간을 끄는 가장 기본적인 것일 터였다. 그리고 두 번째가 가장 골치 아픈 일이었는데 바로 규정을 무시하고 기간트를 동원해서 자신들을 한 번에 압살하려고 하는 거였다.

'첫번째는 어떻게든 뚫고 나갈 수 있겠지만 두 번째가 문제다. 으음…….'

영지전으로 선포된 상황이었고 참관을 위해서 각 귀족가문에서 참관인들이 파견된 상황이었다. 그런 그들을 앞에 두고 자신들이 먼저 기간트나 마동포를 사용한다면 반란을 막아내고도 두고두고 후환거리를 만들게 될 판이었다. 아직까지 레마겐 후작이 다아크 공작과 연결되었다는 증거가 없으니 영지를 빼앗길 명분을 주는 셈이기 때문이었다.

'이러지도 저러지도 못하게 만들겠다는 건가? 훗… 재미

있군.'

다아크 공작 일파가 자신을 높게 생각하고 있다는 점은 상당히 고마웠다. 그러나 이런 식으로 자신을 가지고 놀려고 하는 것은 그 나름대로 불쾌했다.

'어떻게 해야 통쾌하게 적들의 작전을 부술 수 있을까? 생각을 해보자… 생각을!'

친구들이 하는 이야기가 귀에 들어오지 않았다. 그들은 그들 나름대로 자신의 의견을 개진하며 이 난국을 돌파할 무언가를 도출해 나가고 있었다.

"…이안 듣고 있냐?"

"아! 미안. 생각을 좀 하느라 못 들었다."

"에고… 어떻게 할 거냐고 물었다. 난 이대로 여기서 발이 묶여 있는 것은 아니라고 생각한다."

토리의 말에 이안도 고개를 끄덕이며 자신이 생각하던 것을 이야기했다.

"물론이야. 여기서 있을 수는 없지. 우선 내일 무조건 결착을 봐야 한다. 그렇지 않으면 시간 싸움에서 뒤질 테니까 말이야."

이미 시간 싸움에서 상당히 뒤쳐진 상태라고 할 수 있었다. 크리스토퍼 대공의 군대는 국경을 넘었고 다아크 공작의 군대 역시 왕성을 향해 진군하고 있는 상황이었다. 동쪽과 서쪽에서 밀고 내려가는 상황인데 그것을 막을 군대는 그 방향에 존재하지 않았다. 헥토르 후작의 반란을 막기 위해 그 방면에 주둔하고 있어야 할 2, 4군단이 자리를 비운 탓이었다. 물론 다아크 공작을 따르지 않는 귀족들이 목숨을 걸고 막아선다면 다행이지만 그럴 가능성은 거의 없다고 봐야 할 것이었다. 국왕의 실정도 단단히 한몫 했지만 무엇보다 큰 명분은 데스 블러드를 국왕이 흑마법사들과 손잡고 일으켰다는 죄명이 붙은 것이었다.

'이제 슬슬 새벽으로 넘어가는데… 흠!'

이안은 밤이 지나기 전에 결착을 보려고 준비했었다. 그러나 적들이 싸우려고 들지 않은 탓에 하루를 넘겨야 했는데 어떻게든 시간을 아껴야 했다. 그러기 위해서는 새벽에 미리 준비했던 것들을 아무도 모르게 깔아둬야 할 것이었다.

"아무튼 내일 오전에 결착을 지을 테니까 그렇게 알고 준비들 해둬. 알았냐?"

"도대체 무슨 작전인데 그래?"

"맞아. 우리도 좀 알자."

친구들의 성화에도 이안은 그저 흐릿한 미소만 지을 뿐 별다른 이야기를 하지 않았다. 그리고 등을 떠밀 듯이 친구들을 막사 바깥으로 몰아내 버렸다.

"후우… 이제 준비를 해볼까?"

이안은 아공간 가방에서 미리 준비해 온 강철의 모루 일족이 만들어준 마법진을 꺼내 들었다. 하나의 크기가 족히 2미터에 이르는 커다란 원형 마법진은 이안이 심혈을 기울여서 각인한 마법진이 빼곡하게 새겨져 있었다.

"너에게 달렸다. 너에게……."

이번 싸움의 승패는 모두 이 강철로 만들어진 마법진에 달려 있었다. 인원도 부족하고 전력도 객관적으로 열세인 싸움에서 적들에게 카운터 펀치를 먹일 수 있는 유일한 방법이었다.

둥둥! 둥둥! 둥둥!

새벽에 잠도 자지 않고 일을 꾸미느라 바빴던 이안은 늘어지게 하품을 하며 자신의 애마에 올라탔다.

"하암… 졸립네. 흐흐!"

"간밤에 뭐하느라 잠도 못 잔 거냐? 쯧!"

토리의 타박에 이안은 손을 가볍게 흔들며 대꾸했다. 자신이 새벽에 삥이를 친 것을 알면 저런 이야기는 하지 못할 거라는 표정을 짓는 것은 덤이었다.

"두고 보면 안다. 내가 얼마나 수고했는지. 크크크!"

평소에 보이지 않던 모습에 토리를 비롯한 친구들은 의아한 눈빛을 보냈지만 이안은 말의 배를 가볍게 차며 앞으로 나아가 버렸다.

"쟤 뭐라는 거야?"

"난들 아냐, 쩝!"

친구들의 투덜거리는 것을 들으며 이안은 부대가 정렬해 있는 맨 선두로 말을 몰아갔다. 이미 적진에서도 각 병과에 맞춰서 대오를 갖추고 싸움을 준비가 완료된 것을 볼 수 있었다.

'3만이라… 많기는 많네.'

3만 명이라는 적병은 이안이 이끌고 온 병력에 비하면 2배가 살짝 넘어가는 정도의 병력밖에는 되지 않는다. 하지만 그들을 이끄는 두 명의 소드마스터가 문제였다. 그리고 그중에 한명은 이안이 맞상대해도 이겨낼지 의문이 드는 강자였고 말이다.

'저 두 명만 아니라면 당장에라도 돌격해서 끝장을 내겠는데 말이지.'

마스터가 맨 선두에 서서 적진을 초토화 시키는 전법은 전장에서 가장 흔하게 사용하는 방법이었다. 물론 그 효과는 가장 확실하다고 할 정도로 뛰어났고 말이다. 마스터의 위용에 질린 병사들이 방어를 포기하고 달아나며 생긴 틈을 파고들어 적진을 유린하는 것이니, 아군의 피해는 거의 없이 적들에게 피해를 강요하는 전술이라고 할 것이었다.

"이안 백작! 어제는 출정을 온 것을 배려하여 군대를 일찍 물렀어도 추격하지 않았다. 하지만 오늘은 확실하게 결착을 지어보자꾸나. 으하하하!"

레마겐 후작은 좌우로 보디가드를 세우듯이 두 명의 마스터를 세워놓고 호기를 부렸다. 두 명의 마스터와 그리고 후작가답게 200명을 넘어서는 기사단까지 동원하여 갖은 위세를 자랑하는 레마겐 후작이었다.

"심사단은 영지전에 대한 심사를 부탁하오."

레마겐 후작은 이안이 뭔가 말을 하려고 하자 급히 심사단을 들먹이며 영지전이 속개되기를 바랐다.

"영지전의 속개를 선언하는 바요!"

심사단의 선두에 서 있던 귀족 하나가 우렁찬 목소리로 영지전의 속개를 선언했다.

"홋! 심사단도 레마겐 후작의 편이라 이건가? 뭐 그럴 거라 예상은 했다만."

심사단이 레마겐 후작 측의 진영에 머물고 있다는 것 자체가 넌센스였다. 그러나 선언을 하고 뒤로 물러나 버리는 심사단에게 쫓아가서 뭐라고 따질 수도 없는 노릇이었다. 나중에 한꺼번에 붙잡아놓고 치죄를 할 생각을 굳힌 채 이안은 손을 들어 올렸다.

"전군! 대기하라!"

"충!"

부하들을 세워두고 이안은 홀로 말을 몰아 적진을 향해서 느릿하게 나아갔다. 그가 나서자 적진에서도 어제 저녁에 칼을 맞댔던 두 명의 마스터들이 레마겐 후작과 이야기를 한 후 재차 출격했다.

"흐흐흐! 어제는 꽁지 빠져라 도망가더니 오늘은 제대로 붙어 볼 생각인가?"

마주서자마자 이안을 도발하는 말을 늘어놓는 휘버 후작은 은은하게 뿜어지는 호승심이 가득한 눈빛으로 이안을 쳐다보았다. 옆에서 보조를 맞추는 헤르덴 역시 어제의 싸움에서 조금은 우위를 차지했었기에 조금은 기세등등한 모습을 엿볼 수 있었다.

"뭐 그런 셈이지. 그럼 시작해 보자고. 비열한 놈들 같으니!"

이안이 비열한 놈들이라는 말을 하자 휘버 후작의 낯빛이 싸늘하게 변했다. 그 역시도 이안을 헤르덴과 함께 상대하는 것에 상당한 불만을 가지고 있던 터였다. 홀로 상대해도 능히 이겨낼 수 있다고 자신했지만 주군의 명이기에 불명예를 감수했는데 그 역린을 이안이 사정없이 건드린 거였다.

"헤르덴 백작!"

"말씀하십시오."

"저자는 나 홀로 상대하겠다. 그대는 끼어들지 말도록!"

"네? 하, 하오나……."

"내가 책임진다. 그러니 그대로 있도록 하라!"

헤르덴 백작은 휘버 후작이 상당히 분노한 것을 보고 고개를 가로 저었다. 이미 저 정도로 꼭지가 돈 것을 보면 자신이 무슨 말을 하더라도 먹히지 않을 것이 분명했다.

"후우… 그러십시오."

헤르덴이 뒤로 물러서자 휘버 후작은 온몸의 근육을 풀며 검을 천천히 뽑아 들었다.

"나 혼자 상대해주마. 어떠냐?"

"훗! 그럼 고맙고."

이안은 헤르덴이라는 변수를 알아서 처리해 준 휘버 후작에게 비릿한 조소를 머금었다. 검술 실력은 그가 위라지만 자신에게는 마법이라는 능력이 있었다. 종합해 보면 휘버 후작은 자신과 동수 내지는 그 아래라고 할 수 있었으니 아주 재미있는 싸움을 할 수 있을 것이었다.

"선공은 양보하겠다. 오라!"

"후후! 그럼 사양하지 않지. 타앗!"

이안은 그대로 애마의 등을 박차고 공중으로 솟구치듯이 휘버 후작에게 쇄도해 들어갔다. 그러자 그의 애마는 뒤로 도망치며 전장에서 이탈했다. 마스터들이 싸우는 곳에 있어 봐야 자신은 아무런 도움도 되지 않음을 본능적으로 알고 피하는 거였다.

"브레이브 소드 7식 라이너 소드!"

이안은 지면에 닿기 무섭게 몸을 낮추며 바닥을 쓸 듯이 검을 횡으로 쳐냈다. 오러가 가득 실린 검이 기이한 변화를 일으키며 시야를 어지럽히고 이내 오러의 파동이 넘실거리며 휘버 후작에게로 기기묘묘하게 쏘아졌다.

"멋지구나! 하지만 멀었다!"

휘버 후작은 살아 꿈틀거리듯이 움직이며 날아오는 이안의 검세를 순간적인 움직임으로 피하며 역으로 검을 쳐냈다. 통통 튀는 듯한 움직임을 바탕으로 어느 순간 강맹한 기운을 폭발시켰다. 순식간에 거리를 좁히며 이안의 목을 향해 종으로 검을 내려쳤다. 어마어마한 기세가 가득 실린 검이 위에서 아래로 내려쳐지고 주위는 그 검세가 흩뿌리는 기세에 눌려 얼어붙어 버렸다.

'위험!'

위기의식이 경고하는 것에 급히 신형을 틀어 휘버 후작의 검세가 장악하고 있는 범위를 벗어났다. 낭창낭창 휘어지듯이 공간을 제압하며 날아드는 오러 소드들이 이안이 빠져나간 자리를 강하게 후려치고 사방으로 오러의 파편들을 비산시켰다.

"휘유!"

"제법이구나. 이것도 받아보거라. 크하하하!"

휘버 후작은 단 일검으로 승세를 빼앗고 연달아 더욱 거칠게 이안을 몰아쳤다. 평소의 성정이 검에도 묻어나는지 그의 검세는 표독스럽다 못해 독랄하다 싶을 정도로 이안을 사방에서 몰아쳤다.

'종을 잡을 수 없을 정도로 괴이한 검술이다. 으음…….'

이안은 사력을 다해서 피하며 간간히 휘버 후작의 검세를 중간에서 커트하는 식으로 역공을 가했다. 그러나 힘의 차이가 커서 그런지 그의 공격은 그다지 큰 효과를 발휘하지 못했다.

"크하하하! 고작 이 정도로 나를 이길 수 있다고 생각했더냐! 으하하하하!"

휘버 후작은 점점 더 기세가 올라 눈동자를 희번덕거리며 광소를 터뜨렸다. 그 광소의 크기가 커질수록 그의 검세도 더욱 강하고 날카롭게 이안을 노리고 날아들었다.

'이제 슬슬 시작해도 되겠는데? 흐음… 아쉽지만 어쩔 수 없지.'

이안은 휘버 후작의 검세를 맞상대하며 상대의 검술을 자신의 것으로 만들기 위해 상당한 노력을 기울였었다. 자신과 비교해서 상대적으로 강자인 그의 공격을 막아내며 그 검로와 검세를 펼칠 때의 세밀한 마나의 운용을 관찰하는 것은 엄청난 집중력을 요하는 것이었다. 이제 조금 그의 검술 운용에 관한 것을 알아가고 있었지만 시간은 자신의 편이 아니었다.

"늙은이가 말이 많군. 타핫! 브레이브 소드 12식 디스트로이어!"

"크크큭! 발악이라도 해보자는 건가? 나쁘지 않지!"

휘버 후작은 이안이 가장 강력한 초식인 12식을 펼치며 자신의 공간으로 쏘아져 들어오자 눈에 기광을 발하며 역으로 치고 나왔다.

"으랏!"

"죽엇!"

두 사람이 펼친 검술이 서로의 공간을 침범하며 괴이독랄하게 파고들었다. 붉고 푸른 두 오러의 검이 기이한 호선과 직선들을 만들어 내며 수십 개의 분신을 만들어 냈다. 그리고 마침내 중앙에서 서로 격돌하며 강렬한 스파크가 사방으로 튀어 오르기 시작했다.

"흐웃!"

강력한 반탄력에 검초를 이어가던 두 사람이 동시에 뒤로 튕기듯이 밀려 나가야 했다. 휘버 후작은 주루룩 밀려 나가는 것을 힘으로 버티며 다시 앞으로 나아가기 위해 전신의 근육을 강하게 튕겼다. 그러나 이안은 입에서 붉은 핏줄기를 뿜어내며 계속해서 사정없이 뒤로 밀려 나갔다.

"크크큭! 내상을 입은 건가? 그렇다면 끝장을 내줘야지. 크하하하!"

휘버 후작은 이안이 피를 내뿜으며 뒤로 밀려 나가자 반동한 힘을 이용하여 더욱 빠르게 앞으로 쇄도해 들어갔다.

"크웃! 라이트닝 스트라이크!"

우릉! 콰드드드드둥!

이안은 다급하게 뒤로 물러서며 마법을 사용했다. 느리거나 위력이 떨어지는 마법으로는 휘버 후작의 공격을 피할 수 없다는 생각에서인지, 구동어만으로 펼칠 수 있는 마법 중에서 가장 강력한 힘이 실린 라이트닝 계열의 마법으로 휘버 후작을 공격했다.

"이런 마법인가? 그러나 어림없는 수작!"

휘버 후작은 라이트닝스트라이크가 떨어져 내리는 것을 거꾸로 거슬러 올라가며 오러 뷰렛으로 맞섰다.

콰앙! 콰콰콰콰쾅!

강렬한 폭음을 일으키며 뇌전이 튀어 오르고 휘버 후작은 그대로 라이트닝이 내려치는 공간을 벗어나며 이안에게로 거리를 좁혀왔다.

"으으… 블링크!"

후웅! 스팟!

휘버 후작의 강력한 돌진에 이안이 겁을 먹은 듯이 블링크 마법을 사용하여 공간의 틈 사이로 숨어버렸다. 그러나 그리 멀리 가지는 못하고 100여 미터 떨어진 곳에서 다시 나타난 이안은 재차 휘버 후작을 향해 마법을 날렸다.

"윈드 커터! 윈드 커터!"

수십 개의 바람의 칼날이 소용돌이치듯이 휘버 후작을 향해 발사됐다. 각기 다른 움직임을 선보이며 기기묘묘한 각을 만들어내는 그 공격은 어지간한 기사라면 어―어거리다 공격을 허용할 만큼 위력적이었다.

"마법이라니… 빌어먹을 자식!"

블링크 마법으로 거리를 벌려서 도망가고 원거리에서 마법으로 공격하는 것은 전형적인 마법사들의 전투 방식이었다. 검으로 일가를 이룬 마스터라는 작자가 그런 방식으로 싸우는 것에 휘버 후작은 분노했다. 하지만 분노는 분노고 싸움은 이기고 봐야 하는 것이기에 휘버 후작은 이안을 향해 미친 듯이 달려 나갔다.

"후작 각하! 그만 가십시오. 후작 각하!"

헤르덴은 이안이 블링크 마법으로 조금씩 전장을 이탈하는 것에 추격하지 말 것을 외쳤다. 그러나 이미 분노로 이안을 죽이겠다는 일념만 가득한 휘버 후작이 그 말을 들을 리 없었다.

"으득! 반드시 죽이고 만다! 흐압!"

휘버 후작은 이안이 블링크 마법으로 조금씩 멀어지는 것에 기를 쓰고 추격해 나갔다. 그렇게 치열하게 쫓고 도망가는 것을 반복하니 조금씩 이안의 블링크 마법으로 도망가는 거리가 줄어들기 시작했다.

'흐흐! 내상의 여파가 나타나는구나!'

이런 식으로 조금만 더 힘을 쓴다면 저렇게 도망가는 것도 못하게 될 거라 확신했다. 아무리 멀리 있다고 해도 상대방의 얼굴 표정을 확인할 정도의 능력은 있었고 입가에 묻은 핏자국이 여전히 선명하다는 것이 휘버 후작의 애를 태우게 만들었다.

"각하! 그만 가십시오. 그만!"

헤르덴 백작은 어떻게든 휘버 후작을 막으려고 뒤를 쫓으며 그만 가라고 소리쳤다. 그러자 휘버 후작은 모두가 들으라는 듯이 마나를 실어 우렁차게 외쳤다.

"내 검에 내상을 입어 피를 토하는 적을 그대로 두란 말인가! 보라! 비루먹은 강아지처럼 도망가는 저자를 말이다. 으하하하!"

휘버 후작의 외침이 전장을 격하게 뒤흔들자 그 싸움을 지켜보고 있던 레마겐 후작군 진영은 기쁨의 함성이 우렁차게 터져 나왔다.

"우와아아아!"

"휘버! 휘버! 휘버!"

휘버 후작의 이름을 외쳐대는 기사들이 분위기를 잡자 병사들마저 그 이름을 따라 연호하며 기세를 돋웠다.

"도슨 자작!"

"예, 주군!"

레마겐 후작은 자신의 봉신 귀족인 도슨 자작을 찾았다. 눈에 가시 같은 이안이 휘버 후작에게 쫓겨서 도망가고 있는 상황이 그를 불타오르게 만든 것이었다.

"그 애송이 놈이 저렇게 도망가면 우리도 이대로 있는 것은 좀 아니지 않나?"

"하오시면……."

"맞아. 놈의 군대를 박살 내야지. 기회가 왔을 때 그것을 잡지 못하면 지휘관으로서 0점이라는 것이 내 지론이지."

병사의 수도 모자란 적들이 기세마저 뒤지는 상황이었다. 그러니 지금 기세를 몰아서 들이친다면 적은 피해로 전멸시킬 수도 있다고 판단했다. 그 판단은 도슨 자작도 마찬가지였는데 그는 레마겐 후작령의 사병들 중에서 긁어모은 기병들을 지휘하고 있었다. 그러니 첫 돌격의 임무는 자신의 것이었고 가장 큰 전공 역시 자신의 것이 될 거라는 욕심에 불타오르고 있었다.

"독전고를 울리고 자네가 선봉을 맡아!"

"예, 주군! 결코 실망시키지 않겠습니다. 하하하!"

도슨 자작이 우렁찬 대답과 함께 휘하의 기병들을 이끌고 사라져갔다. 5천에 불과한 전력이지만 기사들만 200명이 앞장서고 있으니 이안의 병력을 가뿐하게 정면 대결로 압도할 수 있을 터였다.

빠앙! 빠앙! 빠아앙!

북소리와 함께 대기를 진동시키는 뿔고둥 소리가 전장을 격동시킴과 동시에 레마겐 후작 진영에서 5천여의 기병들이 출진했다.

"아뎁 남작은 중장 보병으로 기병들의 뒤를 받쳐주도록!"

"명을 받듭니다."

차례차례 병력을 전진시키며 이안의 부대를 전멸시키려는 레마겐 후작의 병력 운용이 시작되었다. 체스를 두듯이 병력의 입체적인 진군을 통한 공격을 가하려는 레마겐 후작은 마지막으로 장창병들을 내보내는 것으로 끝을 맺었다.

'후우… 이제야 군대를 움직이는군. 빌어먹을 새끼.'

이안은 레마겐 후작이 부대를 운용하는 것을 멀리서 확인하고 비릿한 조소를 머금었다. 먼저 움직이지 않을 것이 뻔한 레마겐 후작이 안심하고 군대를 움직일 수 있도록 이런 생쇼를 해야 했으니 적잖은 분통이 터져 오르려 하고 있던 참이었다.

'그나저나 제니스 경이 잘 해줘야 할 텐데… 흠!'

친구들에게도 말하지 않은 이번 작전에 대한 키는 제니스가 쥐고 있는 셈이었다. 자신이 만들어 놓은 판에 정확하게 부대를 움직여야 하는 임무를 제니스가 맡은 것이었다.

"이제 좀 놀아볼까!"

이안은 느슨하게 쥐고 있던 검병에 힘을 주어 잡으며 미친 듯이 달려오고 있는 휘버 후작을 향해 신형을 틀었다. 갑작스러운 이안의 반전에 휘버 후작은 약간 주춤거렸지만 이내 공중으로 도약하며 비조처럼 날아 이안에게 쏟아져 들어갔다.

"흐랏! 팬타 슬레이어!"

이안의 앞에 도착한 휘버 후작은 그대로 검을 사선으로 쓸어내리며 목을 노렸다. 기민하게 스텝을 밟아 피해낸 이안이 역공을 가하려 하자 연속으로 이어지는 파상적인 공격이 무수한 환영을 만들어 내며 이안에게로 날아들었다.

'무슨 검로가…….'

초식이라는 것이 공격의 경우 상대방의 방어를 무력화시키고 허점을 만들어 내는 것에 초점을 맞춘 공격 방법을 정형화시킨 것이다. 그런데 휘버 후작의 검술은 어느 정도 정형화된 검로가 존재하는 것이 아닌 무지막지한 힘과 변화로 막을 엄두를 내지 못하게 만드는 것이었다.

콰! 카캉! 카카캉!

미친 듯이 검을 놀려서 휘버 후작의 공격을 막아내는 이안은 독랄한 휘버 후작의 공격에 겨우겨우 장단을 맞추고 있었다.

"그래도 마스터라 이거냐? 흐흐흐!"

휘버 후작은 자신의 공격에 반격할 틈을 찾지 못하고 계속해서 뒤로 밀려 나는 이안을 보며 비웃음 가득한 말로 도발했다. 흥분을 하게 만들수록 싸움은 더 쉬워지는 터라 일부러라도 그렇게 조롱하는 것이었다.

"영감은 이 나이에 마스터가 아니라서 모르나 봐? 나 마스터 맞거든?"

이안은 오히려 휘버 후작의 말을 받아치며 부아가 치밀게 만들었다.

"쥐새끼 같은 놈! 주둥이를 다물게 만들어주마. 흐랏!"

쉬잇! 쉬쉬쉬쉿!

독사의 혀가 날름거리듯이 치명적인 검술이 더욱 화려하게 펼쳐졌다. 십여 개가 넘는 낭창낭창거리는 오러 소드가 기이한 각을 그리며 이안의 전신으로 후비듯이 들어왔다.

"늙어서 그런가 검이 아주 지랄맞네."

"크크크! 내 검이 조금 독하긴 하지. 클클클!"

휘버 후작도 이안의 도발에 전혀 영향을 받지 않는지 평정심을 유지한 채 검을 휘둘렀다. 통통 튀는 듯한 스텝으로 이안의 좌우로 번개처럼 오가며 사정없이 몰아쳤다.

'역시 연륜은 무시할 수 없군……'

초식에는 한계가 있고 그것을 여러 개의 변식으로 만들어 내서 공격을 하는 것으로 그 한계가 없는 것처럼 포장하는 것에 능한 휘버 후작이었다.

'반격할 틈을 찾는 것이 이리도 힘들 줄이야.'

이안으로서는 처음으로 겪어 보는 괴이한 움직임의 소유자가 휘버 후작이었다. 중검술과 환검술을 고루 섞어 놓은 듯한 검술도 상대하는 것에 상당히 까다로웠지만 그 움직임의 괴이함이 이안을 반격할 틈조차 찾지 못하게 만들었다.

"블링크!"

"이런! 또!"

휘버 후작은 블링크 마법으로 또다시 다른 곳으로 사라지는 이안의 행동에 이를 갈았다. 그러나 그것 역시 이안이 가진 능력이었으니 투덜거릴망정 욕을 할 수는 없었다.

"거기냐! 흐아압!"

휘버 후작은 공간의 틈을 비집고 나오는 이안의 모습을 확인하고 그대로 통통 튀기듯이 쏘아져 나왔다. 그리고 작정이라도 한 듯이 검 끝에 오러를 모으더니 그대로 오러 뷰렛을 날렸다.

"이크!"

강렬하고 날카로운 오러 뷰렛이 번개처럼 뻗어오자 이안은 급히 스텝을 밟으며 공격 범위를 벗어났다. 그러는 사이 휘버 후작은 거리를 좁히며 어느새 이안의 머리 위로 강한 경력이 실린 일검을 선사했다.

"잡았다! 이놈!"

2초도 안 걸려서 100미터를 넘게 주파해 온 휘버 후작의 공격이 그대로 이안의 머리를 가를 듯이 종으로 떨어져 내렸다. 흉흉한 기세가 실린 그 일검은 거대한 기둥이 떨어져 내리는 듯한 착각을 불러 일으켰다.

"으득! 디스트로이어!"

너무도 강력한 기운이 실린 검이 태산처럼 덮쳐오자 이안은 피할 수 없다는 것을 느끼고 그대로 마지막 초식을 펼치며 휘버 후작의 공격에 맞섰다.

콰앙! 콰드드드드드등!

허공에서 부딪친 두 자루의 검은 줄기줄기 오러를 뿜어내며 서로를 부수기 위해 광폭한 기운을 폭사했다.

"크읏!"

"으음!"

두 마디의 답답한 신음이 서로의 입을 통해서 들렸다. 이안의 입에서 흘러나온 소리가 조금은 더 크고 고통스럽다는 것이 다르다면 다른 점이었다.

"제법이로구나. 그걸 막아내다니 말이야."

"퉤! 한 수 배웠군요."

이안은 오러 뷰렛을 날려 시간을 벌고 그대로 폭주하듯이 달려와 일검을 날리는 휘버 후작의 공격에 조금은 감탄 어린 말을 흘렸다.

"풋! 후후후후!"

갑자기 이안이 웃음을 터뜨리자 휘버 후작은 의뭉스러운 눈빛으로 그를 쳐다보았다. 왜 그렇게 웃는지 그 이유가 궁금한 휘버 후작을 보며 이안이 한쪽을 검으로 가리켰다.

"저걸 보면 알 겁니다."

"잉? 아……!"

휘버 후작은 이안이 가리킨 방향으로 시선을 돌렸다가 이내 웃은 이유를 알았다. 저절로 인상이 찌푸려지는 휘버 후작은 자신이 이안을 잡지 못하면 그대로 영지전은 패배로 끝나고 만다는 것에 짜증섞인 눈빛을 뿜어냈다.

"어떻게 한 게냐?"

"후후! 내 밑천인데 그걸 알려줄 수는 없죠. 그럼 계속 해봅시다! 흐랏!"

이안은 제니스가 자신이 생각한 대로 확실하게 적진을 휩쓸고 있는 것에 만족하며 다시 검을 고쳐 잡고 휘버 후작에게로 달려들었다.

'확실히 내가 한 수 뒤진다… 검술은 밀리지 않는데 이유가 뭘까……?'

이안은 필사적으로 공격을 하면서 자신의 문제가 무엇인지 고민하고 또 고민했다. 신경이 분산되지 않는 범위 안에서 고민을 거듭했지만 딱히 답이라고 할 만한 것은 나오지 않았다.

'일단… 할 수 있는 것부터 하자. 답은 나중에 찾아도 늦지 않으니!'

이안은 고민을 털어내 버리고 싸움에 모든 신경을 집중했다. 그러자 이전까지와는 약간 다른 모습으로 휘버 후작과의 싸움이 이루어지기 시작했다. 그것을 아는지 모르는지 이안은 죽을힘을 다해서 휘버 후작과 충돌해 들어갔다.

2장

신무기 등장

이안이 휘버 후작과 헤르덴 백작을 붙잡고 있는 그 시각 제니스는 지시받은 작전대로 움직이기 시작했다. 미리 이야기를 해놓은 부하들에게 작게 손짓으로 지시를 내렸다.

"도, 도망가자. 이대론 개죽음이야!"

"으으! 도망가자고! 도망!"

"으아아아아아아아!"

괴성을 지르며 도망가라고 외치는 부하들에 의해서 이안이 이끌고 온 1만여 명의 병력이 모두 동요를 일으켰다. 그리고 어느 순간 누군가가 말머리를 틀어 뒤쪽으로 달려가며 외쳤다.

"난 살아야 한다고. 난 죽기 싫어!"

그 외침이 시발점이 되었을까? 이안의 병사들은 일제히 말머리를 틀어 뒤쪽으로 도주하기 시작했다. 앞쪽에서 밀려오는 레마겐 후작의 기병들을 피해 반대로 도망가는 거라 방향은 한쪽으로 정해져 있었다.

"이 새끼들! 도망가면 즉참한다. 어서 돌아와!"

"돌아오지 못할까!"

이안의 친구들을 비롯한 기사들이 돌아오라고 소리쳤지만 이미 도망가는 자들이 거의 대부분이었기에 어떻게 막을 방법이 없었다.

"어, 어떻게 하지?"

"어쩌긴 뭘 어째. 일단 퇴각해야지. 염병!"

토리는 이안이 휘버 후작에게 쫓겨 이리저리 몸을 내빼는 것을 보고 고개를 가로저었다. 이렇게 싸워보지도 못하고 도망가야 한다는 것이 내심 분했지만 일단은 병력을 지키고 봐야 했다.

"일단 퇴각한다. 퇴각!"

토리가 부하들을 제치고 나아가며 퇴각을 외쳤다. 이렇게라도 해야 부하들을 수습할 수 있을 거라는 생각에 더욱 소리를 높이며 맨 선두로 나아갔다. 그곳에서 자신이 퇴각하는 방향을 정해줘야 이탈을 막을 수 있을 거라 생각한 것이었다.

"이쪽으로 오십시오."

"제니스 경! 이 상황을 어떻게 해야 합니까?"

아직은 나이가 어린 토리는 30대 초반의 경험 많은 제니스에게 의견을 물었다. 미친 듯이 말을 몰아가면서도 오직 걱정은 부하들을 수습하여 최소한으로 피해를 줄이는 것에 있었다.

"모든 것은 주군의 예측대로 되고 있습니다. 그러니 걱정하지 마시고 퇴각하는 척만 하시면 됩니다."

"네? 그, 그 무슨……?"

토리와 친구들은 의아함이 앞섰지만 제니스의 표정이 너무도 편안해 보였기에 더는 말을 하지 않았다. 그저 묵묵히 말을 몰아 적들의 추격을 피해 도망가는 것에만 열중했다.

"조금만 더 가면 됩니다. 그럼 모든 것을 알게 될 겁니다. 하얏!"

제니스가 더욱 속도를 높여서 질주해 나가자 토리 일행은 부하들을 살피며 그 뒤를 따랐다.

"쟤들도 모두 아는 눈친데?"

"그러게. 우리만 몰랐던 거야? 썩을!"

도망가는 부하들의 얼굴에는 긴장이나 공포 따위는 찾아볼 수도 없었다. 그저 열심히 도망가면 승리할 수 있다는 자신감이 엿보이는 표정들이었다. 그 표정들을 보며 토리와 그 친구들은 이안에 대한 배신감으로 부들부들 떨어야 했다. 아무리 그래도 친구이자 지휘관인 자신들에게만 비밀로 할 수 있느냐는 섭섭함이 격하게 몰려든 탓이었다.

"진채로 돌아가는 것이 아닙니까?"

진채는 그나마 목책을 세워둬서 적 기병들의 공격을 방어할 수 있는 여지가 있었다. 물론 지금이라도 반전하여 싸운다면 두 배에 달하는 기병 전력인 자신들이 우위를 점할 수는 있었다. 그런데 도망가는 방향은 진채가 있는 동북쪽이 아닌 동남쪽이었다. 그쪽은 아무것도 없었고 작은 숲들이 곳곳에 있는 매복 따위는 하려야 할 수 없는 지형이었다.

"가보면 압니다. 이럇!"

"거참… 흐럇!"

어쩔 수 없이 말을 더욱 빠르게 몰아 도망가는 시늉만 죽어라 할 즈음 양옆으로 수풀이 살짝 우거져 있는 사이를 돌파해 나갔다. 매복이라도 하려면 좌우 수풀에 기백명 정도는 숨길 수 있는 지형이기는 했다. 하지만 그 정도 매복으로는 대세에 아무런 영향을 줄 수 없다는 것이 친구들이 가진 생각이었다.

"전속력으로 질주하라! 전속력으로!"

갑자기 전속력으로 질주하라는 외침을 토하는 제니스의 돌발 행동에 모두는 무슨 영문인지 몰라 어리둥절한 표정을

지었다. 적이 매복하지 않은 이상 전투마에 무리가 가는 전속
질주를 할 이유가 없었다.

"이러다 전투마가 먼저 퍼지겠습니다."

"속도를 늦추세요."

서둘러 제니스를 만류하고 나섰지만 더욱 속도를 올려 앞
으로 튀어 나가는 제니스 덕분에 이를 악물고 고삐를 후려쳐
야만 했다.

"자작님! 적들이 속도를 올립니다. 혹 매복이 있을지 모르
니 여기서 멈춰야 합니다."

기사들 중에서 매복을 염려한 자가 도슨 자작에게 추격을
멈추라는 의견을 개진했다. 그러나 이미 승리에 대한 확신으
로 이성을 잃은 도슨 자작이 버럭 소리를 질렀다.

"저기 어디에 매복할 곳이 있단 말이냐. 설령 매복을 한다
고 해도 몇 명 되지 않을 터. 무시하고 강행한다!"

"하, 하오나!"

"닥쳐라! 지금 내 명령을 어기려는 것인가!"

"큭… 알겠습니다."

도슨 자작의 말대로 수백 명도 매복하지 못할 공간을 지닌
수풀이었기에 더는 따지고 들 수도 없었다. 게다가 레마겐 후
작의 심복답게 그 역시 상당히 고압적으로 권위를 내세우는

터라 일단은 따르는 편이 낫다고 판단했다. 나중에 이기고 나면 자신에게 돌아올 후환도 상당할 것이기에 몸을 사리는 것이었다.

"속도를 올려라! 빠르게 지나간다!"

"추웅!"

5천여 기병들은 기사들이 외치는 명령에 맞춰 일사분란하게 말을 몰았다. 더욱 속도를 올리며 서로간의 간격을 좁히며 양옆으로 자라나 있는 수풀 사이를 돌파하려고 했다.

"지금이다! 쏴라!"

수풀로 인해서 뒤쪽의 추격자들이 어느 정도 시야가 가려졌을 때 제니스는 일부 부하들을 이끌고 반전하여 뒤로 돌아서 있었다. 그리고 일자 대형으로 늘어선 채 적들이 수풀 사이를 빠져나오기만을 기다렸다.

"발사! 발사하라!"

"일거에 쓸어야 한다. 발사!"

투퉁! 투투투투투투투투퉁!

제니스의 명령이 떨어지기 무섭게 일자 대형으로 벌려 서 있던 기병들이 마상에서 석궁을 발사했다. 크기는 일반적인 석궁에 비해 약간 작은 크기였지만 석궁의 위쪽으로 이상한 장치가 붙어 있는 것이었다. 거기에 양쪽 끝에 달려 있는 두 개의 도르래가 시위를 당기는 것에 들어가는 힘을 1/3 정도로 줄여주는 역할을 하는 혁신적인 무기였다.

"으하하하! 이거 죽이는데요?"

"죽인다, 죽여!"

"모두 고슴도치로 만들어주마! 크하하하!"

병사들은 자신들의 손에 들린 석궁의 위력에 흠뻑 취했다. 그도 그럴 것이 자동으로 장전되며 방아쇠를 당기기만 해도 쿼렐이 날아가는 석궁이었기 때문이다. 이안이 마계에서 전투용으로 만들어서 사용하던 강철의 모루 일족의 자동 석궁에 이계인의 기억을 더듬어 도르래를 장착시킨 신무기였다. 보름 정도 되는 원정 준비 기간 동안 드워프 일족들이 밤잠을 설쳐가며 개조한 것을 빌려 온 것이었다. 그리고 그것으로 무장한 기병들 600여 명이 수풀 사이를 돌파해서 들어오는 적병들에게 과하다 싶을 정도의 사격을 가하였다.

"크헉!"

"저, 적의 공격이다!"

속절없이 무너져 내리는 선두열의 기병들이 쿼렐에 얻어맞고 죽어나가자 뒤를 따르던 동료들이 아우성을 치듯이 적군의 공격을 알렸다. 그러자 뒤에서 따라가던 도슨 자작은 분기를 토해내며 버럭 소리를 질렀다.

"적은 몇 안 된다. 그대로 돌격해!"

"돌격하라! 돌격!"

아무리 자동 석궁의 위력이 강하다고 해도 거리가 얼마 되지 않기에 아군을 방패삼아 돌파한다면 결국 이기는 것은 자신들이 될 거라 생각하고 돌격을 외쳤다. 쓰러진 아군을 피해 미친 듯이 돌파해 들어가는 기병들은 금방이라도 제니스와 그 부하들을 덮칠 것처럼 과격하게 말을 몰아 들어갔다.

"지금이다! 매직 액티베이션!"

"매직……."

수풀 사이에서 수풀로 위장하고 있던 200여 명의 병사들이 몸을 일으켰다. 그리고 마법 활성화 주문을 외우며 들고 있는 각진 형태의 소형 마법진을 앞으로 내밀었다. 마나가 움직이며 마법이 완성되고 갑작스럽게 고막을 찢을 듯한 소음이 수풀 사이를 관통했다.

"으윽!"

"귀를 막아라! 귀를 막아!"

마법진에서 일어나는 것은 인간으로서는 도저히 버틸 수 없을 정도의 찢어질 듯한 소음이었다. 인간보다 더욱 예민하고 청력이 발달한 전투마들은 그 소음을 이겨낼 수는 없었다.

"크아아아!"

"사, 살려줘!"

전투마들이 미친 듯이 날뛰며 서로 부딪혔다. 그러자 그 위에 타고 있던 기병들은 달리던 속도를 이기지 못하고 앞으로 튕겨지며 바닥으로 떨어져 내렸다.

"계속 쏴라! 적들이 정신을 차리지 못할 때 모두 죽여야 한다. 발사! 계속 발사해!"

제니스는 먼 거리에서도 귀를 울리는 엄청난 소음에 인상을 찌푸리며 자동 석궁으로 적들을 주살해 나갔다. 아비규환의 장으로 변한 수풀 사이의 전장은 적들의 시체로 발 디딜 틈조차 없어질 지경이 되어버렸다.

"퇴, 퇴각해야 합니다. 도슨 자작님!"

기사들은 어떻게든 말에서 뛰어 내리며 화를 모면했지만 기병들은 순식간에 전멸로 치닫고 있었다. 고래고래 소리를 지르며 마법이 만들어낸 소음을 뚫고 퇴각을 말하는 기사를 보며 도슨 자작은 분통을 터뜨렸다. 이미 자신의 말도 미쳐서 날뛰는 바람에 바닥을 구르지 않았던가.

"으득! 퇴각은 없다. 저놈들부터 죽인다!"

도슨 자작은 수풀 양가에서 마법진을 든 채 귀를 막고 있는 200여 명의 적병들에게라도 분풀이를 하고자 했다. 그가 검을 뽑아 들고 병사들을 향해서 달려가자 기사들은 어쩔 수 없이 자동 석궁의 공격 범위를 빠져나가기 위해서라도 그 뒤를 따라야 했다.

"도망가라! 매직 액티베이션!"

후웅! 파앗! 파파파파팟!

200여 명의 병사들이 도망가는 앞쪽으로 10여 개의 공간 이동 마법진이 만들어졌다. 푸른빛으로 일렁이는 공간의 틈이 만들어지자 병사들은 그대로 몸을 날려 그 안으로 뛰어 들었다. 비록 명령으로만 들은 것이지만 뒤쪽에서 쫓아오는 흉신악살 같은 기사들의 검에서 살아남으려면 마법진 안으로 뛰어드는 수밖에 없었다.

"자, 잡아!"

마법진 안으로 속속 뛰어드는 병사들을 추격하는 도슨 자작은 당황하여 잡으라고 소리 질렀다. 그러나 그 안이 어떤 곳인지 알 수 없으니 섣불리 뒤를 따라 들어갈 수는 없었다.

"자작님! 어떻게 합니까?"

"으득! 따라 들어간다. 방패 들어!"

도슨 자작은 방패를 앞에 내밀고 방어에 만전을 기한 채 마법진 안으로 들어갔다. 물론 다른 기사들을 먼저 들여보내는 것을 잊지 않았다.

스팟! 파팟!

기사들은 적들의 공격을 받을 각오를 하고 마법진 안으로 뛰어 들었다. 순식간에 포탈 너머로 넘어간 기사들은 뒤에서 밀려드는 동료들로 인해 밀려서 앞으로 나아가야 했다.

"뭐, 뭐지?"

"이런!"

포탈 너머로 넘어왔지만 적들의 공격은 없었다. 아니, 도망 갔던 병사들의 모습은 너무도 황당해서 멘탈에 붕괴가 올 정 도였다.

"또 포탈이 있다고? 이 미친놈들!"

마법진을 이용한 포탈을 운용하려면 엄청난 마나석이 소 모된다. 기간트에 사용할 마나석도 모자란 락토르 왕국은 마 나석에 대한 규제가 심했다. 그런 까닭에 구하기도 어렵고 가 격 역시 만만치 않은 것이 사실이었다. 그런데 병사들을 구하 기 위해서 마법진을 사용하는 것도 모자라 이중으로 도망갈 마법진까지 설치했다는 것에 기사들은 황당했던 것이었다.

"어어! 미, 밀지마!"

"무슨 일이냐! 어떻게 된 영문이야!"

도슨 자작은 기사들이 앞에서 움직이지 않고 서로 밀려서 충돌하는 것에 소리를 버럭 질렀다. 그러자 한 기사가 다급히 다른 포탈로 들어가고 있는 병사들을 가리키며 말했다.

"저길 보십시오."

"어디? 이, 이런!"

또 다른 마법진을 통해서 다른 곳으로 빠져나가는 병사들 의 모습을 본 도슨 자작은 불길함에 빠져들었다. 지금 자신들 이 있는 곳이 어딘지도 알 수 없는 상황에서 또 다른 마법진 을 통해서 빠져나가는 적병들의 모습을 보니 최악의 선택을 한 것이 아닌가 하는 불길함이 찾아든 것이었다.

"도, 도로 들어가라. 어서!"

도슨 자작은 자신들이 통과한 마법진으로 다시 들어가라고 소리를 질렀다. 그러자 기사들이 급히 움직여서 포탈을 통과하려고 했지만 서서히 닫히기 시작한 포탈은 통과할 수 없는 크기로 줄어들어 있었다.

"그럼 안녕히들 계시구려! 으하하하!"

중년의 기사가 외치는 소리에 도슨 자작은 고개를 돌려 다른 포탈을 타고 넘어가는 마지막 모습을 봐야만 했다. 그가 통과하자 순식간에 마법진이 사라지고 포탈 역시 모습을 감춰버렸다.

"이, 이런……!"

영락없이 어딘지도 모를 곳에 덩그러니 떨어져 버린 꼴이 되어버렸다. 자신들이 사라져 버린다면 병력의 우위 빼고는 적들과 비교 우위를 차지하는 것이 없었다. 오히려 기병들로 이루어진 이안의 병력이 전투력 면에서는 오히려 레마겐 후작의 병력을 압도한다고 봐야 했다. 기병 전력이 모두 사라졌으니 말이다.

"도, 돌아간다! 길을 찾아라. 길을!"

도슨 자작은 하늘이 무너져 내리는 다급함을 느끼고 고래고래 소리를 질렀다. 그러나 여기가 어딘지도 모르는 기사들은 한숨만 길게 내쉬며 고개를 절레절레 내저을 뿐이었다.

"서둘러라! 적들이 곧 가시거리에 들어선다! 서둘러!"

제니스는 병사들이 죽은 적병들의 겉옷을 벗기는 것을 독려했다. 갑옷 위에 두르는 겉옷은 옷이 아니라 천으로 된 인식표라고 하면 맞을 것이었다. 레마겐 후작가문의 문장이 수놓아진 천은 멀리서 보기에도 아군임을 한눈에 알아볼 수 있도록 하는 역할을 했다. 그것들을 수거하여 급하게 아군 병사들에게 입히자 천여 명의 기병전력은 레마겐 후작군의 기병으로 탈바꿈했다. 방패와 인식천으로 위장하자 제니스는 더는 시간을 끌 수 없다는 생각에 바로 명령을 하달했다.

"피터 경!"

"말씀하십시오."

"절반의 병력으로 남은 적들을 모두 제거하세요. 최대한 빠르게 제거하고 증원을 와줘야 합니다. 아시겠습니까?"

"맡겨주십시오."

아직까지 적 기병들 중에서 살아남아 저항하는 자들은 천여 명에 달했다. 그러나 그들은 아군에 의해서 완벽하게 포위된 탓에 도망칠 수도 없는 독안의 쥐 신세였다. 그렇게 군의 절반을 떼어서 적군의 섬멸을 피터에게 맡긴 제니스는 나머지 병력들을 향해 외쳤다.

"위장한 병력은 나를 따라 적군이 오는 곳으로 향한다. 가자!"

"충!"

1천기의 위장한 기병들이 도주하듯이 빠르게 왔던 길을 돌아가자 남은 병력들이 그 뒤를 추격하듯이 따르며 약속한 대로 고함을 질렀다.

"적들을 놓치지 마라!"

"죽여라! 절대 놓쳐서는 안 된다!"

"우와아아아아아아!"

병사들이 전투마를 몰아가며 내는 함성이 전장을 뒤흔들 즈음 능선 너머로 레마겐 후작군의 중장보병대가 모습을 드러냈다. 그들은 아군이 쫓겨 오는 듯한 모습에 급히 진군을 멈추고 대오를 정비했다. 쫓겨 오는 아군 기병들을 구원하여 전투에 나서려는 것이었다.

"전군 전투 대형을 유지하라!"

중장보병대를 이끄는 지휘관의 외침에 1만에 달하는 중장보병들이 대기병용 진형을 갖췄다. 긴 장창들을 앞에 박은 채 기병들의 돌진 공격을 막아내는 기본적인 진형을 만들어냈다.

"아군이 통과할 수 있는 공간을 열어라!"

꽁지에 불이라도 붙은 것처럼 미친 듯이 도망쳐 오는 아군은 고작해야 1천여 명에 불과했다. 그러나 그들을 구해야 추격해오는 적군의 기병 전력과 맞상대를 할 수 있었다. 그러나 그들을 구한 뒤에 난전을 유도하는 것으로 상대할 생각으로 작전을 짜야 했다.

"길을 열어라! 길을!"

날개 달린 샤벨 타이거가 앞발을 높이 들고 있는 문장이 수놓아진 전복을 입은 기병들이 같은 문양의 방패를 앞세운 채 달려왔다. 여기저기 피가 묻은 것을 보면 치열한 전투 끝에 겨우 도망쳐 오는 패잔병들의 모습이었다.

"어서 지나가! 어서!"

"다음은 우리에게 맡기라고!"

중장보병들로 이루어진 부대이다 보니 기병들의 돌격에 어느 정도 맞설 수 있는 전력을 갖추고 있었다. 거기다 긴 랜스를 고슴도치처럼 둘러놓은 탓에 기병들이 쉬이 돌격하지 못할 거라는 점도 그나마 위안거리에 속했다.

"고, 고맙소."

"덕분에 살았다."

지나가는 기병들이 하는 말을 들으며 중장보병들은 조금은 뿌듯한 감정을 느끼며 다시 밀집 방어 대형을 만들었다. 모두가 전방을 주시한 채 적 기병들의 공격을 막기 위해 온 신경을 집중했다.

"슬슬 준비하라."

길을 터준 중장보병대의 지휘관은 도망쳐 온 아군의 기병들의 지휘관을 찾았다. 그를 바라보며 제니스는 휘하의 기사들과 지휘관들에게 공격할 준비를 갖추라고 일렀다.

"도슨 자작님은 어디에 있는 거요?"

"갑작스러운 매복 공격에 당해 후위에 있던 우리들만 간신히 도망쳐 온 겁니다. 아직 전위에 있던 아군은 어떻게 됐는지 알 수 없습니다."

제니스가 능청스럽게 보고하듯이 말하자 침음성을 흘리는 보병 지휘관은 제니스가 평기사 정도로 보이자 바로 지휘권에 대해 이야기했다.

"그럼 이제부터 자네들도 내 명령에 따라주게. 적들이 곧 돌진해 올 거 같으니 말이야."

"그렇게 하겠습니다."

순순히 따르겠다고 하자 이내 고개를 끄덕인 지휘관은 자신이 생각했던 전술대로 기병들이 움직여 줄 것을 주문했다.

"힘들겠지만 적들의 허리를 끊는다. 모두 준비하라!"

제니스가 우렁차게 외치자 기병들은 다시 대오를 갖추며 중장보병들이 3열 횡대로 대오를 갖추고 있는 곳의 뒤쪽에서 일렬로 늘어섰다.

"적 기병들의 돌진이다. 충돌한다! 방패 들어!"

"우와아아아아아!"

기세를 올리며 기병들의 돌진에 맞서는 중장보병들이 두꺼운 방패와 사이사이 박아놓은 기다란 랜스를 의지한 채 충돌에 돌입하려고 했다.

"지금이다! 쏴라!"

"죽어라! 죽엇!"

투투퉁! 투투투투투투퉁!

갑작스러운 쿼렐이 뒤쪽에서 날아들자 중장보병들은 놀란 눈을 감지도 못한 채 죽어나갔다.

"뭐, 뭐냐!"

"저, 적이다! 저놈들이 적이다!"

병사들이 패닉 상태에 빠져서 방어 대형이 급격하게 무너질 정도로 돌발 행동을 해댔다. 그들은 살기 위해 앞쪽으로 내밀고 있던 방패를 뒤쪽으로 돌렸고 일부는 장창을 뽑아 든 채 일렬로 자동 석궁을 들고 있는 기병들을 향해서 달려왔다.

"계속 쏴라! 석궁이 없는 병력은 앞쪽에서 적들을 방어한다! 가랏!"

"추웅!"

우렁찬 외침을 토해내며 석궁을 발사하는 병사들은 한 놈이라도 더 죽이기 위해서 필사적으로 방아쇠를 당겼다. 석궁의 아래쪽에 달려 있는 레버를 발사대 끝에서 방아쇠 있는 곳까지 당기면 자동으로 장전이 되는 자동 석궁은 1초도 걸리지 않아 장전이 가능했다. 그러니 채 반격도 해보기 전에 중장보병들은 비명을 지르며 죽어나가기 바빴다.

'엄청난 무기다. 이런 무기가 1만정만 있다면 제국이라고 해도 단기전에서는 필패를 강요당할 것이다.'

제니스는 자동 석궁의 위력에 놀라워하며 이런 무기들을 가지고 있는 자신의 주군이 더욱 대단한 사람이라는 것을 느꼈다.

레마겐 후작은 핵심 호위 기사들과 더불어 1만이 채 남지 않은 병력을 이끌고 느긋하게 승전보를 기다렸다. 이안과 휘버 후작의 싸움으로 시작된 전투는 휘버 후작의 우세로 인해 아군의 기세가 올랐고 적들은 싸워보지도 않고 도망가는 것을 택했었다. 그 뒤를 추격하는 것이니 진다는 것은 생각도 하지 않았다.

"척후는 돌아왔는가?"

"아직입니다, 각하!"

"흐음… 벌써 5시간이 지났는데 아직도란 말인가!"

"죄송합니다. 다시 척후를 보내도록 하겠습니다."

"에잉! 뭐하나 제대로 하는 게 없으니 원!"

부하들을 향해 짜증이 제대로 섞인 핀잔을 늘어놓은 레마겐 후작은 하얀 식탁보 위에 올려진 와인 잔을 들어 타는 듯한 목을 식혔다. 전장이라는 것도 잊은 채 진수성찬을 차려놓고 즐기는 그를 보며 부하들은 인상을 구겼지만 그런 것은 그에게 아무런 감흥도 주지 못했다.

두두두두두두두두두두!

은은하게 느껴지는 땅울림에 이어 곧 들려오자 가슴을 뛰게 할 정도로 지축을 뒤흔드는 말발굽 소리가 레마겐 후작의 손을 멈추게 만들었다. 와인 잔을 내려놓고 소리가 울리는 곳으로 시선을 돌린 레마겐 후작은 뭔가 이상하다는 생각을 하며 안력을 돋웠다.

'왜 뒤쪽에서… 누가 오는 거지?'

적군이 도망가고 그 뒤를 추격하러 보낸 병력이 간 곳은 동북쪽이었다. 그런데 말발굽 소리가 진동하는 방향은 서남쪽으로 정반대 방향이었다. 그곳은 자신의 영지가 있는 곳이었고 그쪽으로 오는 군대라면 자신의 편이어야 이치상으로 맞았다.

"무슨 일인지 알아봐!"

"예, 각하!"

호위 기사가 말을 달려 소리가 난 곳으로 달려갔음에도 레마겐 후작은 알 수 없는 불안감에 짜증이 치밀어 올랐다. 자신이 왜 이런 불안함을 느껴야 하는지에 대한 분노였다.

"쯧… 곧 정리하고 왕성으로 가야겠어. 빨리 한손 거들어야 내 자리도 공고해질 테니까 말이야."

레마겐 후작도 다아크 공작의 휘하였고 크리스토퍼 대공에 의해 락토르 왕국이 사라질 것을 알고 있었다. 그리고 새로 세워질 나라의 핵심 귀족으로 당당하게 자리할 자신의 미래를 머릿속에 그려보았다. 그러자 자신도 모르게 지어지는 미소가 흐뭇하게 입가를 맴돌았다.

"가, 각하! 각하! 피하십시오! 각하!"

말발굽 소리가 난 곳으로 달려갔던 기사가 채 3분이 흐르기도 전에 도로 달려오며 내지르는 소리에 레마겐 후작은 벌떡 일어났다. 자신의 흐뭇한 상상을 깨트리는 찢어지는 소리에 짜증이 벌컥 솟아올랐다.

"무슨 일인데 피하라는 것이냐!"

버럭 소리를 지른 레마겐 후작은 얕은 구릉을 타고 내려오는 기사를 노려보았다. 짜증이 섞인 표정은 그 기사를 보는 내내 펴질 줄 몰랐는데 그 뒤로 조금씩 뜨악한 표정이 되어갔다.

"어, 어떻게……?"

구릉에 모습을 드러내는 거대한 선은 이내 거대한 파도처럼 변해갔다. 그리고 그 파도가 모두 적군의 기병대가 만들어내는 것임을 알게 되자 심장이 금방이라도 터져 나갈 것처럼 쿵쾅거렸다.

"주, 주군! 적군입니다. 적군의 공격입니다!"

"피하셔야 합니다. 주군!"

호위 기사들은 지금 전력으로는 구릉에 까마득하게 밀려오는 적 기병대를 막을 수 없다고 판단하여 피하자는 외침을 토할 수밖에 없었다. 남은 것은 1만이 채 되지 않는 궁병과 장창병들이었고 그들로는 거의 전력이 고스란히 남아 있는 것 같은 기병들을 상대로 승산을 논할 수 없었다.

"이대로 물러날 수는 없다. 이대로는!"

레마겐 후작은 영지전에서 패할 경우 자신에게 내려질 처분이 무엇인지 잘 알고 있었다. 다아크 공작이 왕성을 점령하고 크리스토퍼 대공이 락토르를 멸망시키고 새로운 왕국을 개국하더라도 자신은 찬밥 신세를 면치 못할 거라는 것을 말이다.

"싸워라! 싸워서 이겨야 한다! 모두 대형을 갖춰라. 어서!"

레마겐 후작은 자신들이 버텨내고 휘버 후작이 이안을 잡아오는 것이 유일한 승리를 위한 해법이라고 그 짧은 순간에 판단했다. 하여 어떻게든 시간을 벌 생각으로 결사 항전을 외치며 부하들에게 버럭 소리를 질렀다.

"하, 하오나……!"

"이대로 지면 모두 끝장이라는 것을 왜 몰라! 휘버 후작이 그 애송이를 잡아 올 때까지 버텨야 한다. 알겠는가! 그러니 어서 싸워라, 어서!"

"아, 알겠습니다."

남은 호위 기사들은 레마겐 후작의 말을 듣고 자신들에게 주어진 선택지는 오직 하나뿐이라는 것을 깨달았다. 어떻게든 싸워서 휘버 후작이 승리하고 올 때까지 버티는 것만이 최선이었다.

"장창병들은 원진을 구성하라!"

"궁병대 발사 준비!"

기사들은 공포에 떨고 있는 병사들을 독려하여 적들에게 최대한 타격을 주는 전술적 선택을 했다. 장창병들로 외곽을 둘러싸고 궁병들로 타격을 입히는 길만이 유일한 버티는 방법이었다.

'도대체 휘버 후작 이 작자는 언제 오는 것이냐. 으득!'

레마겐 후작은 원망스러운 눈빛으로 이안과 싸우고 있을 휘버 후작이 있는 곳을 노려보았다. 하늘로 솟았는지 땅으로 꺼졌는지 알 수는 없지만 유일한 희망이 그곳에 있기에 계속해서 쳐다보는 레마겐 후작의 눈빛은 이글이글 타오르고 있었다.

깡! 까강!

연속으로 부딪치는 오러의 충돌은 사방을 초토화시키며 거센 후폭풍을 만들어냈다. 자연히 그 충격은 싸우는 두 사람에게도 축적되어 내상을 강요했고 처음과는 다르게 둔해진 몸놀림을 선보였다.

"후우… 후우… 지독한 놈……."

"노친네도 대단하시네요. 크큭!"

휘버 후작은 거친 숨을 몰아쉬며 이안을 응시했다. 잠시 소강상태가 되어버린 두 사람은 검을 늘어트린 채 마지막 일격을 위해 숨을 고르며 마지막 힘을 끌어 모으는 중이었다.

"내 지금까지 마스터라고 불리는 인간 여럿과 싸워봤지만 그중에서 네놈이 제일 지독한 놈이었다."

"후후! 칭찬 고맙군요."

이안은 휘버 후작이 하는 칭찬에 입꼬리를 살짝 말아 올리며 대꾸했다. 그렇게 말을 하면서도 속으로는 치열하게 마지막 마나를 끌어올리며 비장의 한 수를 시전할 준비를 서로 간에 하고 있었다.

"나는 이 정도면 다 된 거 같은데… 어떠냐?"

"저도 그럭저럭 된 거 같네요."

"흐흐흐! 그럼 가보자꾸나. 오랏!"

휘버 후작은 마지막 일검으로 지긋지긋한 싸움을 끝낼 생각이었다. 마지막 한 방울 남은 마나까지 짜내서 검 끝에 모

은 후 그대로 이안을 향해서 폭발적인 기세를 뿜어내며 쏘아
져 들어갔다.

'결코 져서는 안 되는 승부다. 반드시 이기고 만다!'

이안은 자신보다 한 수 위의 실력을 지닌 휘버 후작과의 마
지막 일검에 모든 힘을 실었다. 자신의 싸움만이 아닌 조국
락토르의 운명이 걸려 있는 싸움이라는 생각에 필사의 의지
까지 곁들여졌다.

3장

2군단을 제압하라!

　힘과 힘의 격돌, 그리고 필살의 의지가 서로 충돌하는 순간 이안은 본능이 이끄는 대로 공간을 가르고 또 찢어냈다. 마스터에 오르며 깨달은 공간의 의미가 순간순간 움직이는 검의 검로를 따라 변화하고 또 모였다 흩으며 상대의 검을 상대해 나갔다.

　'크흑!'

　오러와 오러가 밀렸다가 다시 밀어내며 만들어내는 엄청난 파편이 고스란히 이안의 전신을 덮쳤다.

　'우욱!'

속이 뒤집어지는 충격을 느끼며 비릿한 피 내음이 속으로부터 넘어왔다. 그곳을 꾹꾹 눌러 참으며 휘버 후작의 검로를 타고 거슬러 올라가며 마지막 일격을 가했다.

"나의 승리다!"

휘버 후작은 자신의 검을 거슬러 올라오는 이안의 검초를 우악스러운 힘으로 쳐냈다. 오러의 충돌이 일어나고 이안의 검에서 솟아올랐던 푸른 오러가 휘버 후작의 붉은 오러에 의해 반으로 쪼개졌다. 그리고 그 갈라진 틈을 뚫고 휘버 후작의 검이 이안의 목을 향해 날아들었다.

쉬잇! 파칭!

거침없이 이안의 목을 베어내는 그 순간 휘버 후작의 검이 이안의 목 바로 앞에서 막혔다. 그 어떤 것도 잘라낼 수 있다는 오러 소드를 막아낸 것은 다름 아닌 이안의 목에 걸려 있는 대마법사 레이첼이 남긴 아트팩트였다.

"끄륵… 비, 비겁한……!"

목이 절반쯤 잘린 채 피분수를 뿜어내는 휘버 후작은 비틀거리며 이안에게 검을 겨누며 분노에 찬 음성을 겨우겨우 흘렸다. 반으로 쪼개진 오러를 끝까지 유지하며 휘버 후작의 목을 가까스로 절반쯤 베어낸 이안은 그대로 무릎을 꿇으며 역한 붉은 피를 한 사발 토해냈다.

"후욱… 후욱… 비겁해도 이기는 것이 우선입니다."

적이기에 처음에는 욕설과 반말로 대했던 이안이지만 싸우면서 휘버 후작의 검술에 대한 존중의 의미로 공손하게 어투를 바꿨다. 지금도 승리는 자신의 것이지만 아티팩트의 힘이 아니었다면 죽는 것은 십중 구할 이상이 자신의 몫이었을 것이었다. 그만큼 휘버 후작은 강적이었고 그가 이룩한 검술은 존중을 받아 마땅했다.

"끄윽… 주군… 용서를…….."

스륵! 털썩!

휘버 후작은 자신에게 임무를 맡긴 주군 크리스토퍼 대공에게 마지막 용서를 남기며 그대로 쓰러져 내렸다. 원통함에 눈을 감지 못하고 죽은 그를 보며 이안은 아공간에서 레이첼이 남긴 힐링포션을 꺼냈다. 내부가 박살 나기 직전이었고 일부 장기들은 오러에 의해 심하게 상한 상태였다. 그대로 둔다면 자신 역시도 휘버 후작의 뒤를 따르게 될 것이었다.

"크윽… 후으으으……."

청량한 포션이 목구멍을 타고 넘어가 다친 상처를 급속도로 아물게 만들었다. 역하게 타고 올라오던 피비린내가 사라지고 편안해지자 이안은 남은 포션을 온몸에 부으며 외부의 상처도 고루 치료했다.

'다행이다… 레이첼님이 남긴 아티팩트 덕분에 겨우 이길 수 있었어…….'

휘버 후작 정도의 기사가 크리스토퍼 대공의 휘하에 몇 명이나 있는 것인지, 갑작스럽게 두려운 마음이 들기 시작했다.

"이놈! 용서하지 않겠다!"

이안은 치료가 거의 끝나갈 무렵 뒤늦게 쫓아온 헤르덴 백작이 검을 뽑아 들고 달려오는 것에 한숨을 내쉬었다. 겨우겨우 휘버 후작은 이겼지만 아직 몸 상태는 말이 아니었고 그를 상대로 이긴다고 해도 자신 역시 폐인이 될 것임을 알기 때문이었다.

'우선은 도망가야겠군.'

미친 듯이 달려오는 헤르덴 백작을 피해 이안은 그대로 줄행랑을 쳤다. 꽤 먼 거리까지 달려온 탓에 전투가 벌어지고 있는 곳이 겨우 보이는 상황이라 헤르덴 백작이 전투에 참가하더라도 대세에는 영향을 미칠 수 없을 것이었다.

"플라이!"

그대로 공중으로 날아오른 이안은 헤르덴 백작을 피해 전장의 반대편으로 향해 빠르게 날아갔다.

"이노옴! 게 서지 못할까!"

분노한 헤르덴은 이안이 자신을 피해 도망가자 더욱 격한 외침을 토해내며 폭사하듯 질주했다.

"으으… 어떻게 이럴 수가……."

레마겐 후작은 거의 전멸에 가까운 타격을 입은 부하들의 시체를 보며 넋두리에 가까운 말을 흘렸다.

"이제 그만 항복하십시오!"

제니스는 자동 석궁을 든 부하들에게 완전히 포위되어 있는 레마겐 후작과 그의 호위 기사들을 향해 외쳤다. 1만이 채 안 되는 궁병과 장창병들만 남아 있던 그의 병력을 20분도 안 되어서 전멸시켜버린 뒤였다.

"으으… 그, 그럴 수는……!"

레마겐 후작은 항복을 하는 순간 모든 것이 끝이라는 것을 생각하자 차마 그럴 수는 없었다. 그렇다고 마지막 항전을 하자니 저들이 가지고 있는 저 무서운 신무기가 자신의 온몸을 꿰뚫을 것만 같았다.

"항복하지 않는다면 사살할 수밖에 없습니다. 1분의 시간을 드릴 테니 가부간의 결정을 하십시오. 사수 사격 준비!"

제니스는 어떤 결정이 내려지든 상관이 없었다. 하지만 내심 바라기는 레마겐이 결사 항전을 외치며 자동 석궁을 들고 있는 병사들이 있는 곳으로 달려들기를 바라는 마음이 컸다. 이유는 레마겐이 죽는 것이 자신의 주군이 이안에게 더 이로웠기 때문이었다.

"주군!"

"결정을 내려주십시오, 주군!"

레마겐 후작의 호위 기사들은 공포에 떨며 결정을 내려 달라며 외쳤다. 지금까지 학살에 가까운 공격을 받으며 별다른 저항도 해보지 못했던 그들은 죽음의 공포 앞에서 초연하지 못했다. 어떻게든 살고 싶다는 욕망에 항복하기를 바라는 마음이었다.

"크흑… 항복하겠다."

레마겐 후작은 10여 명의 기사들과 불과 100여 명도 남지 않은 병사들을 한번 쳐다본 후 분루를 삼키며 항복을 선언했다. 그의 선언이 떨어지자 한쪽에서 놀란 눈을 한 채 지켜보던 귀족원에서 파견된 심사관이 주춤거리며 앞으로 나왔다.

"레마겐 후작의 항복 선언으로 이 영지전의 승자는 이안 폰 레이너 백작이십니다!"

"와아아아아아아아!"

"승리다. 우리가 이겼다!"

병사들은 심사관의 선언에 우레와 같은 함성을 터뜨리며 영지전에서 이겼음을 자축했다. 겨눴던 자동 석궁을 거두며 서로 얼싸안고 격려하는 그들을 보며 레마겐 후작은 머리털을 쥐어뜯으며 괴로워했다.

우웅! 파앗!

갑작스럽게 마나가 격하게 유동을 일으키며 공간의 틈이 만들어졌다. 그리고 그 사이를 빠져나오는 이안이 공중에서 떨어져 내렸다. 자칫 빠져나올 때 사고가 발생할까 염려하여 살짝 높은 곳에 좌표를 잡고 공간이동으로 이동해 온 덕분이었다.

"주군!"

"후우… 수고가 많았습니다."

제니스가 얼른 달려가 이안을 부축하려 하자 손사래를 치며 자세를 바로잡았다. 그리고 자신이 짜 놓은 작전대로 모든 것을 진행시킨 제니스에게 진심으로 고마움을 전했다.

"아닙니다. 모든 것이 주군의 계획대로였습니다. 하하하!"

"그래도 오차 없이 해낸 것은 정말 대단한 일입니다. 후후!"

이안도 이렇게 잘 해낼 줄은 몰랐었다. 어느 정도는 피해도 입고 적의 저항에 부딪혀서 시간도 지체될 거라 생각했는데 그것을 모두 이겨낸 제니스와 부하들의 분전이 너무도 고마웠다.

"축하드립니다. 레이너 백작님!"

"승리를 감축드립니다."

영지전의 심사를 위해 귀족원에서 나온 자들은 여전히 놀란 눈을 한 채 이안에게 다가와 승리를 축하했다. 그들의 눈이 계속해서 힐끔거리는 곳에는 병사들이 들고 있는 자동 석궁이 있었다. 1초에 1발 꼴로 발사할 수 있는 엄청난 연사 속도와 도르래로 인해 몇 배는 더 강력한 파괴력을 자랑하는 자동 석궁의 위력에 탐욕에 찬 눈빛을 감추지 못했다.

'자동 석궁에 탐을 내는가? 흣!'

이계의 기술과 드워프들의 손재주가 결합되어 만들어진 산물인 자동 석궁은 그 존재 자체만으로도 전쟁의 판도를 바꿀 수 있는 대단한 물건이었다. 물론 기간트가 전략 병기라 친다면 전술 병기 정도는 되는 수준이지만 말이다.

"승자의 권리를 주장하고자 하오."

"물론 그러셔야지요. 어떻게 하시겠습니까?"

귀족원의 영지전 심사관이 파견된 경우 영지전을 이긴다고 해서 모든 것을 다 빼앗을 수는 없었다. 협상을 통해 배상을 받아내는 선에서 그치는 것이 대부분인데 관례대로라면 레마겐 후작의 영지에서 절반 정도는 받아낼 수 있었다. 그리고 막대한 전쟁 배상금도 함께 받는데 아무리 명망 높고 부유한 귀족가문이라고 해도 영지전에서 패하면 바로 몰락을 길을 걸어야 할 만큼 어마어마한 배상금을 물린다.

"관례대로 영지의 절반과 레마겐 후작의 재산 중 9할을 요구하는 바요."

"9할이라면… 으음……."

영지의 절반을 빼앗기고 재산의 90%를 배상금으로 지불해야 한다면 레마겐 후작은 재기 불능이라고 봐야 했다. 영지병도 모두 전멸당한 상태에서 다시 일어서려면 자력으로는 불가능할 것이기 때문이었다.

"승자의 권리를 부정하는 것이오?"

이안이 심사관을 노려보며 묻자 그는 살짝 공포에 질린 눈빛으로 고개를 끄덕였다.

"과, 관례대로 해야지요. 암요. 그렇고 말구요."

"당연하신 주장이십니다. 하, 하하하!"

심사관들의 말에 이안은 흡족한 미소를 지으며 제니스에게 말했다.

"제니스 경은 지금 즉시 병력을 이끌고 레마겐 후작의 영지를 접수하시오. 그가 지닌 재산이 어느 정도인지 제대로 파악해야 할 거요. 나는 병력의 반을 이끌고 돌아갈 것이니 모든 것은 제니스 경이 책임지고 처리토록 하시오."

"명을 받들겠습니다, 주군!"

제니스는 아주 먼지 하나까지 탈탈 털 각오를 다지며 휘하의 병사들에게 외쳤다.

"레마겐 후작령을 접수하러 간다. 나를 따르라!"

"추웅!"

병력이 레마겐 후작령을 향해서 이동하기 시작하자 이안은 망연자실하여 뭔가를 중얼거리고 있는 레마겐 후작을 쳐다보았다. 다아크 공작이 승리하면 레마겐 후작도 다시 살아나게 될 것이었다. 하지만 그전에 그가 가진 모든 것을 탈탈 털어내어 알거지로 만들 생각이었다.

'어리석은 자 같으니… 시간이 없는 것이 한이로군.'

시간만 충분했다면 자신이 직접 레마겐 후작을 아주 홀라 당 벗겨 먹었을 것이었다. 하지만 지금은 한시가 급한 상황이 었고 당장에라도 독립여단이 주둔하고 있는 헬카이드 산맥으 로 돌아가야 했다.

레이첼이 남긴 인공 마나석이 아니었다면 결코 수백 킬로 미터가 떨어진 곳을 단숨에 이동할 수 없었을 것이다. 하지만 300여 개가 넘는 인공 마나석을 소모하면서 이안은 영지전을 승리로 이끈 그 날 바로 독립여단의 본부로 돌아왔다.

"이안, 들었지?"

"들었다. 지금 상황은 어때?"

본부로 들어가기 무섭게 맥컬리의 다급한 물음이 이안을 맞이했다. 상황이 안 좋게 돌아가고 있는지 표정 역시 무겁게 가라앉아 있었다.

"말도 마라. 국왕이 귀족들의 반감을 많이 사고 있는 줄은 알았다만… 이렇게 나올 줄은 나도 몰랐다. 제길…….."

"하아… 귀족들이 근왕군 조직을 포기한 거냐?"

"북부와 서부는 다아크 공작의 영역이니 그렇다고 해도 동부와 남부의 귀족들마저 일단 지켜보자는 분위기다."

"으음……."

동부와 남부는 국왕에 반하는 귀족파의 힘이 강한 곳이었다. 그중 동부의 실세라고 할 수 있었던 헥토르 후작의 반란이 무너진 이후 동부는 귀족 세력이 거의 없다시피 했지만 남부는 체이스 제국의 침공에도 관망을 선언하고 아무런 행동도 취하지 않았다.

"별수 없지. 지금은 우리가 할 수 있는 것을 하는 것이 중요하니까."

이안은 최악의 경우 동북부 지역, 그것도 헬카이드 산맥을 중심으로 버티기에 들어갈 생각도 하고 있었다. 지금 자신의 휘하에 있는 3만 여 병력과 헬카이드 산맥으로 숨어 들어간 헥토르 후작의 2만 병력을 합치면 5만 명에 달하는 병력이니 수비하는 것은 충분하고 넘쳤다.

'지휘부가 없는 2군단만 장악할 수 있다면… 동북부를 지키는 것만 가정한다면 충분해.'

가장 빠르게 해야 할 일은 2군단을 장악하고 그들을 동북부에 묶어두는 일이었다. 아마 지금도 2군단은 지휘부가 공석인 관계로 윈터폴 요새에 주둔한 채 지휘관이 오기만 기다리고 있을 것이었다. 물론 중요한 것은 국왕의 현재 상태라고 할 수 있었는데 그가 제정신이 아니라고 판단되면 2군단 내부에서 자체 행동도 불사할 수 있었다.

"샐리에게서는 연락이 더 없었냐?"

"왕성에서 반란이 일어나려고 했다는 보고가 있었다."

"왕성에서 반란이?"

"2왕자가 구금되고 2왕자를 따르는 귀족들이 대거 체포되었다는 소식이었다."

1왕자인 란세르는 2왕자인 아레스에게 차기 왕권을 위협받는 중이었다. 아주 큰 실책이 없는 한 아레스가 왕위를 이을 가능성이 80% 이상이라고 다들 생각하고 있었다. 그러니 그가 반란을 일으켰다고 하면 어느 정도는 이해할 수 있는 부분이었다. 하지만 아레스 2왕자가 반란을 일으키려다 제압을 당하고 따르는 귀족들과 함께 구금되었다는 것은 믿을 수 없는 사실이었다.

"아레스 왕자가 왜?"

"나도 그게 이해가 안 간다. 후우⋯⋯."

"으음⋯ 분명 란세르 1왕자의 짓이다. 그가 다아크 공작과 손을 잡은 것이 분명해."

크리스토퍼 대공이 락토르를 집어 삼키는 것이 기정사실이라고 판단했다면 공국 정도를 받는 조건으로 그에게 협조했을 수도 있었다. 란세르 그 빌어먹을 작자의 도량이라면 그 것만 해도 충분히 만족하고 협조할 가능성이 농후했다.

"안 되겠다. 바로 샐리하고 연락을 취해봐야겠어."

"그렇게 해라. 나도 궁금하니까."

친구들은 근심어린 눈으로 이안이 샐리와 연락을 취하려고 하는 것을 지켜봤다. 초거대 제국의 공격과 내부의 반란자들의 득세로 인해 멸망으로 치달아가는 조국의 운명이 그들을 비분강개하게 만들고 있었다.

우웅! 지징! 지지징!

마력이 주입되자 마법 수정구에 환한 빛이 들어왔다. 그러나 좀처럼 연결이 되지 않는 것에 이안은 초조한 마음이 들었다. 샐리가 구축한 정보 조직이 왕성을 근거지로 삼아 한창 커가던 중에 발생한 사건으로 인해 혹 잘못된 것은 아닌가 하는 생각이 든 것이다.

'제일 먼저 하는 것이 정보의 통제… 정보 조직들이 타겟이 될 수도 있는 문제다… 하아…….'

무사해야 한다는 바람만으로 계속해서 마력을 주입하기를 10여분이 지났을 때 수정구에 푸른빛이 터져 나왔다.

―레이너 상회입니다.

레이너 상회라는 말에 이안은 잠깐 어리둥절해 했지만 이내 샐 리가 상단으로 위장하는 것이 유리하다고 했던 예전의 이야기를 기억했다.

"나 이안 레이너요."

―아! 상단주님이시군요. 상회 통신 마법사인 한스입니다.

"반갑소. 샐리양과 통신을 하고 싶소만."

―잠시만 기다려주십시오. 지금 상황이 상황인지라 정신이 없습니다.

"그렇게 하지. 최대한 지급으로 연락을 취했으면 좋겠소."

―노력해 보겠습니다.

통신 마법사인 한스가 수정구를 놔둔 채 바깥으로 나가는 모습이 수정구를 통해서 비춰졌다. 그렇게 한참을 또 기다리자 이윽고 모습을 드러낸 샐리는 그녀의 작은아버지인 튤레 노인까지 함께였다.

―주군, 승전을 감축드려요.

―감축드립니다!

두 사람은 이안이 레마겐 후작과의 영지전을 승리로 이끌었다는 것을 축하했다. 마법진을 통해서 귀환했기에 반나절 전에 일어났던 일을 알고 있다는 것을 보면 상당한 정보망을 재건한 것으로 보였다.

"고맙군. 나도 더 할 말이 있지만 지금 중요한 것은 그것이 아니니 이해하길."

―물론이에요, 주군.

샐리는 이안이 지금 급하게 연락을 넣은 이유가 무엇인지 누구보다 잘 알고 있었다. 왕성의 상황을 알아야 대책을 세울 수 있으니 그것이 궁금하리라는 것을 말이다.

―지금 상황은 국왕을 비롯한 아레스 왕자도 구금된 것으로 보여요. 아레스 왕자를 밀고 있던 귀족들도 태반이 넘게 사로잡힌 상황이구요.

"국왕도 감금했다는 말인가?"

―네, 란세르 1왕자는 다아크 공작이 도착하는 즉시 항복을 할 생각인 듯하더라구요.

"으음… 그럴 수가……!"

아무리 국왕의 눈 밖에 나서 왕위를 계승하지 못하는 상황이라고 해도 그 자신은 왕자의 신분을 지닌 지고한 존재였다. 그런 그가 왕가를 배신하고 나라를 팔아먹는 짓을 한다는 것이 조금은 충격적이었다.

―다행이 아레스 왕자의 외조부인 플랑드르 후작이 탈출했으니 그가 곧 왕성을 공격하여 아레스 왕자를 구하려고 할 거예요.

플랑드르 후작은 중부 지방의 대영주로 휘하에 적어도 4만 이상의 병력을 거느리고 있었다. 그가 중부 지방의 귀족들을 규합하여 근왕군을 조직한다면 상당한 군세를 만들어 낼 수 있을 것이었다. 물론 문제는 다른 귀족들이 그에게 동조를 하느냐의 여부였다.

"국왕부터 아레스 왕자까지 잡혀 있는데 플랑드르 후작이

왕성을 공격하는 것이 가능하겠어?'

─그게 저도 마음에 걸리더라구요. 그래도 어떻게 해서든 국왕과 아레스 왕자를 구출하는 작전이 시도되겠죠. 란세르 왕자는 어떻게든 지키려고 할 거구요.

"으음… 근위기사단은 어떻게 됐는지 파악됐나?"

근위기사단이 누구의 편에 섰는지가 중요했다. 그들이 온전히 란세르 왕자의 편에 섰다면 왕성에서 국왕과 아레스 왕자를 구하는 작전이 성공할 가능성이 급격하게 떨어질 것이기 때문이었다.

─모할레스 후작은 란세르 왕자의 편에 섰고 쥬페르 후작은 국왕이 사로잡히자 스스로 제2근위기사단의 단원들과 함께 감옥으로 들어갔어요.

모할레스 후작과 쥬페르 후작은 헥토르 후작과 함께 왕국의 3대 마스터였다. 그중에서 쥬페르 후작이 가장 실력이 쳐지기는 해도 국왕의 총애를 가장 많이 받았던 이였다.

"제1근위기사단이 반란의 주동이었던 모양이군."

─맞아요. 모할레스 후작이 란세르 왕자의 명령에 따르며 왕성을 완벽하게 장악했어요.

"흐음… 모할레스 후작이라……."

모할레스 후작이 이끄는 근위기사단과 왕성 치안대의 병력까지 합하면 족히 2만에 달하는 병력이었다. 란세르를 따르는 귀족들의 사병들까지 생각한다면 3만 정도로 추산되는 병력이 지키고 있는 왕성으로 뚫고 들어가야 할 판이었다.

—지금 국왕 일가를 구출할 생각이신가요?

"물론! 국왕과 아레스 왕자가 잡혀 있는 상황이라면 저항은 무의미하니까 말이야."

국왕과 아레스 왕자만이라도 빼돌려야 싸울 명분이 생긴다. 그들이 사로잡혀서 항복해버리면 자신이 아무리 저항을 한다고 해도 국제적인 인정을 받을 수 없었다.

'락토르의 국력으로는 로크 제국을 이겨내기 힘든 것이 사실이다. 결국 주적이라고 했던 체이스 제국을 끌어들여야 로크 제국을 물리칠 수 있다. 그걸 위해서라도 왕가는 존속되어야 하지.'

국제 관계에서 가장 중요한 것이 바로 명분이라는 것이었다. 아무리 강대국들이 강력한 힘을 지니고 있어도 함부로 타국을 침범하지 못하는 이유가 바로 명분이 없기 때문이 아니던가.

—저희가 어떻게 해야 할까요?

정보길드를 재건하느라 엄청난 노력을 기울인 샐리였다. 상단으로 위장한 길드에는 노예 검사들을 대거 사들여서 자체 무력도 상당한 편이었다.

"왕궁으로 잠입하기 위한 준비를 해줘야겠어. 지도가 있으면 좋고 그게 아니라면 길잡이가 필요할 테지."

왕궁으로 잠입하는 것은 상당히 위험한 일이었다. 대마법진이 새겨진 왕성은 7클래스 마법까지 막아낼 수 있었고 마나의 유동을 제어하는 기능까지 있어서 허락되지 않은 마법은 사용할 수조차 없었다.

―도둑길드에 협조를 구해볼게요. 그들이라면 왕궁의 지도를 보유하고 있을 거예요.

"도둑길드라… 그렇겠군."

도둑길드라면 왕궁을 털 생각이 없더라도 지도 정도는 갖추고 있을 공산이 컸다. 왕궁의 뒤쪽에 있는 지하 감옥은 중대 범죄를 저지른 자들이 수감되는 곳이었기에 대도라 불리는 도둑길드의 우두머리급이 종종 갇혔었다. 그러니 그들을 빼돌리기 위해서라도 지도 정도는 갖추고 있을 것이었다.

―그럼 도둑길드와 접촉을 해볼게요. 하지만 많은 기대는 하지 말아주세요. 지금 란세르 왕자가 위험 요소라고 생각하는 것은 모두 말살하려고 하는 중이라서요.

"최대한 조심해서 일을 진행해. 만약의 경우라면 무조건 숨도록 하고. 적어도 사흘 안에는 왕성으로 갈 테니까 그때 보자고."

―네, 부디 주군께서도 보중하세요.

샐리의 말을 끝으로 통신이 끝났다. 지금껏 듣기만 하던 친구들은 그제야 둑이 터지듯이 말문이 터졌다.

"국왕을 구할 생각이냐?"

"구하는 것도 문제지만 구해서 뭘 어떻게 하려고?"

"난 국왕을 그냥 놔뒀으면 싶다. 빌어먹을 작자 같으니라고."

모두가 하는 말들을 종합해 보면 국왕을 구하는 것에는 회의적이라는 것을 알 수 있었다. 물론 이안도 국왕이 살아 있는 것이 오히려 역효과를 불러올 것임을 알지만 그래도 구하고 보는 것이 최선이라 판단했다.

"국왕에게 씌어진 혐의가 무엇인지는 알고 있지?"

"물론. 데스블러드를 풀어서 마왕을 소환하려 했다는 거지."

"그런데도 국왕을 구하려고?"

맥컬리의 물음에 이안은 고개를 끄덕이며 자신의 생각을 이야기했다.

"구해야지. 그래야 체이스 제국의 크리스토퍼 대공이 내세운 명분이 개수작이라는 것을 증명할 수 있거든."

"응? 증명할 수 있다고? 어떻게?"

"그건 두고 보면 알게 될 거다. 지금은 국왕을 구하는 것이 우선이야."

"끄응… 또 그런다, 또!"

이안이 갈수록 자신들에게 숨기는 비밀이 많아진다는 것이 무척이나 불만스러웠다. 그래서 목청이 조금 높아졌지만 이안은 그저 피식 웃고 말뿐이었다.

"후후후! 그건 그렇고 당면한 문제부터 해결하고 보자."

"끄응……."

"2군단은 윈터폴 요새로 물러나 있다고?"

"레마겐 후작이 해임된 이후 4군단에게 처리를 맡기고 주둔지로 돌아가던 중이었다. 그래서 윈터폴 요새에 있다가 이 사태가 벌어졌거든."

윈터폴 요새에 있다면 중부와 동북부의 딱 경계선상에 주둔하고 있었다. 그곳이라면 중부에서 만약의 사태가 벌어졌을 때 헥토르 후작처럼 입구를 틀어막고 버티기에 들어가기 딱 좋은 위치였다.

"2군단을 장악해야겠다."

"2군단을? 어떻게?"

2군단에는 적어도 8명 이상의 장군들이 존재했다. 그들은 준장의 계급을 가진 이안보다 윗줄이었고 연차도 20년 이상을 군부에서 지내온 자들이었다. 그들이 순순히 이안에게 군권을 내줄리 없다는 것이 친구들의 공통된 생각이었다.

"안 되면 강제로라도 빼앗아야지."

"뭐? 그러다 2군단하고 먼저 싸워야 한다고."

"말이 되는 소리를 해야지. 그건 무리야, 무리!"

친구들이 모두 고개를 내저으며 불가능이라고 아우성을 쳐도 이안은 가능하게 만들면 된다는 각오를 다졌다.

'모두 죽이는 한이 있더라도 2군단은 반드시 장악해야 한다. 그 길만이 살 길이야.'

병력이 모자란 상황에서 2군단 병력은 무조건 자신의 수중에 넣어야 했다. 그들과 지금 거느리고 있는 병력이 합쳐져야지만 최악의 경우 동북부만이라도 건사할 수 있으니 말이었다.

"중령 이상의 고위 장교들을 모두 죽인다. 그래도 불가능할까?"

"가능이야 하지. 하지만 병사들이 안 따르면 어떻게 할래?"

레마겐 후작의 지휘를 받던 병사들이니 지휘부를 모두 제압한다고 해도 레마겐 후작의 영향을 받아서 저항할 수 있었다. 그가 다아크 공작의 일파였으니 병사들의 성향 역시 다아크 공작에게 기울었을 가능성을 맥컬리는 지적하는 것이었다.

"만약의 경우 2군단을 모조리 전멸시켜야 한다. 그들이 정말 다아크 공작의 편을 든다면 사전에 모두 제거해야 나중이 편해지니까."

2군단이 헥토르 후작과의 싸움을 하느라 7만 정도로 줄어든 상태였다. 그러니 이안은 지금 7만에 달하는 2군단을 모조리 죽일 수도 있다는 살벌한 말을 서슴없이 하고 있는 거였다. 친구들은 그런 이안의 말에 조금은 심장이 떨리는 느낌을 받았다.

"그건 너무……."

"정신 차려! 지금은 독하지 않으면 잡아먹히는 초비상시국이라는 걸 명심해!"

이안이 강하게 힘을 주어서 하는 말에 친구들은 입을 굳게 다물었다. 그들이 생각해도 지금은 조국인 락토르가 크리스토퍼 대공에 의해서 멸망당하기 일보직전이었다. 그런 상황임을 놓고 보면 2군단이 저항을 한다면 그들은 매국노였고 비인간적이라는 말을 듣더라도 모조리 죽이는 편이 최선의 선택일 것이었다.

"알았다. 그럼 어떻게 준비를 할까? 바로 윈터폴 요새로 달려갈 생각인가 본데 말이야."

맥컬리는 자신이 뜯어 말린다고 해도 이안이 윈터폴 요새에 주둔하고 있는 2군단을 제압하러 갈 것임을 알자 이내 포기하고 최대한 돕기로 했다. 독립여단의 여단장은 이안이었고 자신들의 리더인 그의 판단을 따르기로 했다.

"여단 병력은 모두 남겨두어야 한다. 로크 제국이 순순히

이 땅을 지켜보고만 있지는 않을 테니까."

지금은 크리스토퍼 대공의 특수 7군단과 휘하의 영주들의 사병만 이끌고 국경을 넘었지만 곧 로크 제국의 병력이 동북 방어선을 넘을 가능성이 컸다. 그들을 막을 병력은 있어야 했으니 최소한의 병력으로 2군단을 제압해야 했다.

"차라리 73강습여단의 도움을 얻는 것은 어떠냐?"

"73강습여단이라… 아니, 이번 작전은 우리 힘으로 한다. 그들은 곧 남부로 내려가야 하거든."

남부 리만 왕국을 방어하는 최전선의 부대가 73강습여단 이었다. 그들이 자리를 비운 사이 그 간극을 메꿔주던 것이 로크 제국이었는데 이제는 적이 되어버렸다. 결국 73강습여 단은 로크 제국의 배신으로 인해 무주공산이 되어버린 남부 방어선을 지키기 위해 내려가야 했다.

"하… 어렵네. 알았다. 그럼 최대한 방어 병력을 빼고 병력 을 추려보마."

"그래, 바로 부탁한다."

이안은 친구들과 대화를 마치고 가장 중요한 패라고 할 수 있는 헥토르 후작을 만나기 위해 길을 나섰다. 반역자가 되어 헬카이드 산맥 속으로 숨은 신세였지만 이제는 다시 국가의 영웅으로 돌아올 때가 된 것이다.

'헥토르 후작의 역할이 정말 중요해졌군. 그가 어떤 활약

을 하느냐에 따라서 전황이 바뀔 테니까 말이야.'

1만의 병력이 주둔하고 있는 것으로 알려진 독립여단의 주둔지를 로크 제국이 공격한다면 그들은 헥토르 후작이라는 복병을 마주하게 될 것이었다. 그리고 거기서부터 전쟁은 전혀 다른 양상으로 치달아가게 될 거라고 이안은 판단했다.

'아주 재미있겠군, 이 전쟁⋯⋯.'

헥토르 후작을 만나기 위해 곧장 공간 이동 마법을 시전하는 이안은 묘한 미소를 남긴 채 공간의 틈 사이로 사라져갔다.

4장

원티풀 요새

　국왕은 아들인 란세르 왕자에 의해서 구금당하고 대신들 역시 같은 신세가 되어버렸다. 명령을 내려야 할 수뇌부가 사라진 상황이 되었고 자연히 각 군단은 우왕좌왕할 수밖에 없었다. 특히 군단장 마저 해임된 2군단은 윈터폴 요새에 짱박힌 채 갑론을박을 하고 있었다.

　"그래서 어떻게 하자는 겁니까?"

　기병사단장인 그레그 소장은 장군들 중에서 가장 선임인 중장보병사단장인 린드버그 소장을 향해 으르렁거리듯이 물었다. 그가 기가 차지도 않는 발언을 하며 동조를 구하듯이 주변 장군들에게 눈빛을 보낸 것에 대한 분노였다.

"그레그 소장도 잘 알지 않은가. 국왕이 이 나라를 망국의 길로 이끌고 있다는 것을 말이야. 그러니 우리 장성들이 나서서 그것을 막아야 하지 않겠냐는 말일세."

"막는 거 좋죠. 그럼 방법은 뭔가요?"

"당연히 다아크 공작 각하의 뜻대로 국왕을 폐위시키고 새로운 나라로 만드는 위대한 대업에 동참해야지. 1군단이 사라진 이상 우리 2군단이 이 나라의 주축이니까 말이야."

린드버그는 다아크 공작을 따라야 한다는 말을 하며 병력을 이끌고 왕성으로 진격을 해야 한다고 주장했다. 그를 따르는 사단장들이 4명이었고 그레그 소장을 위시한 3명의 사단장들은 윈터폴 요새에 주둔한 채 사태를 관망해야 한다는 주의였다. 첨예하게 대립하는 장성들을 따라 휘하의 고위 장교들도 반으로 갈라져서 설전을 주고받았다.

"이대로 있을 수는 없습니다."

"아니지. 명령이 없는데 움직이면 자칫 반역으로 오인받을 수 있음을 왜 모르는가!"

"지금 당장에라도 왕성으로 가서 나라를 구해야 합니다!"

"어허! 국왕의 실정으로 벌어진 일인데 당연히 조사를 받아야 한다고 보네. 우리는 가만있는 게 나아."

"아니지 우리가 가서 다아크 공작 각하를 도와드려야지.

이대로 있는 것은 왕국의 수호자인 우리들이 할 일이 아니야."

다아크 공작을 따르는 나이 든 장교들은 국왕을 성토하며 다아크 공작과 크리스토퍼 대공의 진군이 조사를 위한 것이라 축소시켰다. 그러나 대다수의 장교들은 윈터폴 요새를 떠나서 왕성으로 가야 한다는 것을 이야기했다. 하지만 나라를 구하자는 쪽과 오히려 다아크 공작의 편에 서서 국왕을 제압해야 한다는 쪽으로 나뉘었기에 더욱 첨예하게 대립하는 양상을 보였다.

"그레그 소장!"

"말씀하십시오."

"자네도 귀가 있으니 들었겠지만 대다수의 장교들은 왕성을 가자고 하네."

"국왕을 지키자는 쪽과 제압하자는 쪽으로 갈라져서 말입니까? 지금 우리끼리 싸우자는 말로 들립니다?"

그레그 소장이 뻐딱하게 대꾸하자 카이젤 수염을 쓸어 올리며 린드버그 소장이 입꼬리를 살짝 말았다. 기병 사단인 그레그 소장의 병력 중 야전에서 가장 핵심이라고 할 수 있는 기간트 부대의 지휘관은 자신을 따르고 있었다. 만약 전투가 일어난다면 단숨에 그레그 소장의 휘하 부대를 제압할 자신이 있었다.

"흥! 싸우면 이길 자신은 있고? 지금 당장에라도 내 의견에 반하는 자들을 제압하고 갈 수도 있어. 알겠나!"

그레그 소장은 노골적으로 싸우자고 나오는 린드버그의 말에 이를 바득바득 갈았다. 기간트 부대의 지휘관인 리버티 준장이 린드버그 소장의 옆에서 조소가 깃든 표정으로 자신을 지그시 응시하고 있는 것이 분통 터졌다.

"내일 정오까지 결정을 하게. 우리와 뜻을 함께할 건지. 아니면 싸우든지 말일세."

린드버그 소장의 마지막 말에 그레그 소장은 발끈했다. 기간트 부대가 저들과 함께 한다면 필패였고 뒤에 후환거리를 남겨두지 않으려 하는 린드버그 소장의 성격이라면 반드시 내일 싸움이 벌어진다고 봐야 했다.

"제길! 마음대로 하십쇼. 우리 부대는 여기서 한 발자국도 안 움직일 테니. 가세!"

"그러죠."

그레그 소장을 지지하는 장군들이 그를 따라 회의장을 빠져나갔다. 휘하의 고위 장교들 역시 무거운 안색을 한 채 자칫 군단 내부의 싸움으로 번질 것 같은 분위기를 확실하게 인지하고 있었다.

'흐음… 그렇다는 말이지?'

이안은 대회의장 내부에서 벌어진 소란을 처음부터 끝까

지 엿들을 수 있었다. 인비지빌리티 마법으로 몸을 감추고 창밖에 매달린 채 상황을 파악했고 적과 아군의 경계에 어떤 사람들이 서 있는지 몸소 들은 것이었다.

'그레그 소장을 만나봐야겠군. 지난번에도 느꼈지만 상당히 괜찮은 인물인 거 같으니까.'

레마겐 후작의 명령에 자신과 독립여단을 추격해 왔었던 그레그 소장은 군인으로서의 양심에 비추어 현명한 판단을 했었던 사람이었다. 지금도 나라를 먼저 생각하고 있는 것이 마음에 들었다.

'어찌할까? 이 난국을 돌파할 방법이 있는 걸까?'

그레그 소장은 당장에라도 부하들을 이끌고 기습을 할까 고민했다. 요새 안의 싸움이라면 기간트를 동원하기도 힘들 테니 어쩌면 이길 수도 있지 않을까 하는 생각이 들었다.

"하아… 어렵군… 어려워……."

자조 섞인 독백을 흘리는 그레그 소장은 아랫입술을 깨물며 의자에 몸을 기댔다. 자신의 목숨만 사라진다면 얼마든지 싸울 테지만 부하들은 무슨 죄가 있단 말인가. 그런 생각에 절로 감기는 눈은 현실을 회피하려고 하고 있었다.

"어렵지 않습니다."

"누구냐!"

버럭 소리를 지르며 검을 뽑아 든 그레그 소장은 형형한 눈빛을 뿌리며 침입자를 찾았다.

스스슷!

흐릿한 그림자가 솟아오르고 점점 형태를 찾아가며 사람의 모습이 완성됐다. 그리고 그 모습은 그레그 소장이 전에 본 적이 있는 사람의 모습이었다.

"자네는!"

"오랜만입니다. 선배님!"

"허… 대, 대단하구만."

첩첩이 쌓여 있는 부하들의 경계를 뚫고 자신이 있는 곳으로 올 수 있다는 자체가 대단했다. 이런 능력이라면 그 어떤 상대도 암살할 수 있다는 생각이 들어 자신도 모르게 목을 쓸어 만졌다.

"이제는 자네라고 하기도 뭐하군그래. 무려 백작 각하신데 말이야."

그레그 소장은 격세지감을 느꼈다. 지난번의 만남 이후에 몇 달이 지나지 않은 시점에서 벌써 백작의 작위를 가진 고위 귀족이 되어 있었다. 그리고 검의 완성자라고 불리는 마스터로 세상을 호령하고 있는 이안의 모습은 문득 눈이 부시다는 느낌이 들 정도였다.

"후후! 작위가 무슨 상관있겠습니까. 전 군인입니다."

"그렇게 생각해 준다니 고맙구먼. 군인… 그래, 군인이지."

그레그 소장은 군인이라고 말하는 이안의 힘찬 선언 아닌 선언에 자신도 모르게 가슴이 뜨거워졌다. 매너리즘에 빠져서 살아왔던 지난 세월 동안 자신은 군인이라는 것을 얼마나 잊어버리고 살아왔는지에 대한 자기반성도 했다.

"그래 이렇게 몰래 나를 찾은 것을 보면 뭔가 할 말이 있어서겠지? 해보게."

그레그 소장은 자신을 찾은 이안이 특별한 이유가 있어서일거라 생각했다. 그게 아니라면 이렇게 방문할 이유가 없었으니 말이다.

"2군단을 제압할 생각입니다."

"허허… 그게 가능하다고 생각하나?"

그레그 소장은 2군단을 제압하겠다는 이안의 말에 어처구니가 없었다. 물론 이안이 대단한 능력자라는 것은 알지만 그래도 1개 군단을 제압하겠다는 것은 어불성설이었다.

"가능하다고 생각합니다. 지휘부만 모두 제거하면 되니까요."

"으음……."

지휘부를 모두 제거한다면 물론 가능할 것이다. 국왕은 유폐 당했고 국방성장 역시 지하 감옥에 수감되어 있는 상황이니 계급이 높은 사람이 지휘권을 행사할 수도 있으니 말이다. 물론 2군단에 소속된 자라야 한다는 단서가 붙지만 장군들을 모두 제거하고 선임이 되는 장교를 포섭한다면 가능했다.

"솔직히 선배님은 지금 상황이 조작된 거라는 건 눈치채셨을 거라 믿습니다."

"나도 그러리라 짐작하네. 국왕이 갑자기 미친 짓을 하는 것도 그렇고… 데스블러드라니……! 쯧!"

국왕이 아무리 미쳐도 그렇지 데스블러드는 자국민들을 향해 풀고 초거대제국인 로크 제국과 싸우겠다는 말이 말같이 들리지 않았다. 이전만 해도 로크 제국은 락토르 왕국의 동맹이었고 어찌보면 보호자의 역할을 해주었던 나라였으니까.

"제 생각에는 크리스토퍼 대공의 사주를 받은 다아크 공작이 저지른 일일 확률이 10할입니다."

"다아크 공작은 지금 국왕의 죄를 묻겠다고 거병을 했네. 그리고 그가 서부의 맹주이고 북부 역시 함께하겠다고 뜻을 모았네. 승산이 있겠나?"

5개의 권역 가운데 2개가 다아크 공작의 편이고 동부는 헥토르 후작이 몰락하면서 전력을 상실했다. 남부는 귀족 세력이 판을 치는 곳이라 국왕에게 등을 돌렸고 나머지는 중립을 표명하는 상황이었다. 오로지 아레스 왕자의 외조부인 플랑드르 후작만이 병력을 끌어모으며 왕성을 탈환하려는 중이었다. 외로운 싸움이 될 거라는 말에 이안은 빙그레 미소를 지었다.

"2군단만 장악한다면 동북부에서 버티는 것이 가능합니다. 그동안 다아크 공작이 벌인 일을 증명하고 크리스토퍼 대공까지 매장시켜야죠."

국제 사회의 공분을 일으켜서 크리스토퍼 대공이 스스로 물러나게 만들어야 했다. 그가 물러나지 않는다면 세계 대전으로 몰아가는 방법 외에는 락토르가 생존할 수 있는 방법은 없었다.

"내가 걱정하는 문제가 바로 그걸세. 다아크 공작의 만행을 증명할 수 있느냐 하는 것이네."

"가능합니다. 이미 그것에 대한 준비를 해놓았습니다."

이계인의 기억 속에서 본 현미경이라는 것을 만든 이안은 데스블러드에 대한 연구를 지시했었다. 자신보다 훨씬 윗줄의 마법 실력을 지닌 그라면 시간은 걸리더라도 반드시 밝혀낼 거라 믿었다. 거기에는 레이첼이 남긴 연구 일지에 대한 믿음도 상당 부분 존재했다.

"아직 밝혀진 것은 아니라는 소리군."

"진행 중입니다. 밝혀내는 것에는 시간이 걸릴 것이고 제가 하려는 것은 그 시간을 버는 겁니다."

"시간을 버는 것이라… 으음……."

시간을 벌기 위해서 얼마나 많은 사람들이 피해를 입어야 할지 감이 서질 않았다. 그러나 군인으로서 나라를 지키기 위해 목숨을 던져야 할 순간이 바로 지금이라는 것은 잘 알고 있었다.

"좋네. 내가 어떻게 하면 되겠나?"

그레그 소장은 내일까지 결정을 내리지 못한다면 군단 내부의 내전으로 벌어질 가능성이 크다는 것에 더는 머뭇거릴 수 없었다. 그렇게 될 바에야 이안의 말대로 군단을 장악하고 왕국을 구할 수 있는 방법에 올인을 하는 것이 맞다고 판단했다.

"다른 장군들을 모두 모아주십시오. 그 자리에서 다아크 공작의 편에 선 자들을 제거합니다."

"자칫 싸움이 커질 수 있네. 그 문제는 어떻게 할 생각인가?"

이안이 장군들을 제압하는 과정에서 소란이 커지면 결국 그들의 부하들이 몰려들 것이다. 그렇게 되면 원하지 않는 전투가 벌어지게 될 것이었다.

"그건 이렇게 하시죠."

"어떻게 말인가?"

"일단……."

이안이 말하는 것을 묵묵히 듣기만 하는 그레그 소장은 조금 치사한 것은 아닌가 생각했다. 그러나 강한 힘을 가진 것은 저쪽이고 피해 없이 제압하기 위해서는 어쩔 수 없겠다는 생각에 고개를 끄덕이며 경청했다.

"그렇게만 해주시면 나머지는 제가 처리하겠습니다."

"알겠네. 내 그렇게 하지."

그레그 소장이 허락하자 이안은 흐릿한 미소를 입가에 지으며 바로 자리를 털고 일어났다.

"저도 준비를 하고 시간에 맞춰서 오겠습니다."

"그렇게 하게. 나도 바삐 움직여야겠어. 허허허!"

그레그 소장은 이안이 말한 대로 움직이려면 지금부터 준비해도 빠듯하겠다는 생각에 마음이 급해졌다.

"큭… 팔자에 없는 연극을 다해야겠구먼. 흐흐흐!"

자신이 그 연극을 잘 해낼 수 있을까 고민했지만 무조건 해내야 한다는 것 외에는 다른 수가 없었다. 지금껏 살아온 세월 동안 쌓인 연륜이라면 그 정도는 어떻게든 해낼 수 있을 것이었다.

"장군! 들어가도 되겠습니까?"

린드버그 소장은 여유롭게 와인을 마시며 망중한을 즐기던 참이었다. 눈에 가시 같은 그레그 소장을 비롯한 국왕파로 분류해야 할 자들이 어떻게 대응할지 지켜보는 것도 무척 즐거운 일이었다.

"들어와!"

"충!"

부관이 들어와서 군례를 취하는데 얼굴은 싱글벙글이었다. 뭐가 그리 좋은지 모르지만 자신에게도 나쁘지는 않은 소식을 가지고 왔을 거라 생각했다. 그렇지 않으면 저런 모습을 자신에게 보이지 않았을 것이니 말이다.

"무슨 좋은 일이라도 있나?"

"하하! 손 안 대고 코 풀게 생겼습니다, 장군."

"흐음… 그레그 소장이 항복하기라도 했나?"

린드버그 소장은 반대파의 수장이라고 할 수 있는 그레그 소장이 계속해서 마음에 걸렸었다. 싸우면 이기기는 하겠지만 그 피해가 상당할 것이니 그레그 소장이 뜻을 꺾기만을 바라고 또 바랐었다.

"카일 중령이 와서 넌지시 이야기를 하고 갔습니다. 자신의 처우를 확실하게 보장해 준다면 뜻을 함께하겠다고 말입니다."

"처우라… 뭐를 보장해 달라고 하던가?"

지금이야 병력을 합류시키게 할 생각으로 대우를 해준다고 해도 나중에는 어떤 식으로든 숙청당할 거라 생각하는 듯했다. 그러니 보장을 해달라고 뜻을 전해왔을 것이 분명했다.

"그레그 소장님을 따르는 장군들이 모두 뜻을 모았으니 그

들에 대한 안전을 보장해 준다는 장군님의 친필 사인이 들어
간 서류를 요구했습니다."

"흐음… 뭐 그 정도야 어렵지 않지. 지금 작성해 주면 되는
건가?"

린드버그 소장은 내일 해가 뜨자마자 왕성을 향해 진군을
할 욕심으로 당장에라도 안전에 관한 서류를 작성해 줄 생각
이었다.

"대연병장에서 모두를 모아놓고 조인식을 하는 것을 원하
고 있습니다. 그 자리에서 확실하게 확약을 하고 서류로 남겨
줄 것을 요구했습니다."

"그것도 나쁘지 않겠지. 모두가 보는 앞에서 조인식을 갖
는다면 병사들의 뜻도 하나로 모을 수 있으니까 말이야. 그렇
게 하자고."

"그럼 바로 병사들을 모으도록 하겠습니다."

부관이 그렇게 말하고 바로 나가려고 하자 린드버그 소장
은 손을 들어 제지했다.

"아아! 잠깐!"

"네? 따로 하명하실 거라도……?"

"혹시 모르니까 그레그 소장 부대를 제압할 준비는 철저하
게 하도록. 기간트도 한 10여 기 세워놓고 말이야."

"기간트까지 말씀이십니까? 역시 대단하십니다. 하하하!"

"철저할수록 좋은 거야. 나가봐."

"철저히 준비하겠습니다. 기사단도 총동원하고 말이지요."

"기사단까지? 흠! 그렇게 해. 나도 준비를 좀 할 테니까."

부관이 군례와 함께 나가자 린드버그 소장은 마시던 와인을 한입에 털어 넣었다. 이제 2군단이 완벽하게 자신의 수중으로 떨어지는 셈이고 그 병력을 바탕으로 조금 더 높은 곳으로 올라갈 수 있을 것이었다.

"흐흐흐… 크하하하하!"

계속해서 터져 나오는 웃음을 참지 못하고 앙천광소를 터뜨리는 린드버그 소장은 한참을 그런 모습을 보이다 대연병장으로 발걸음을 옮겼다.

"준비는?"

"모두 끝났습니다. 다행히 대연병장이 내려다보이는 북쪽과 동쪽의 성벽이 그레그 소장을 따르는 병력이 지키는 곳이었습니다."

린드버그 소장은 왕성으로 바로 가기를 원해서인지 남쪽과 서쪽을 자신들의 주둔지로 택했었다. 덕분에 이안이 이끌고 온 병력은 조용히 요새로 들어올 수 있었다.

"휘유! 많기는 하네요."

중위로 진급한 맥기는 이제 완벽하게 장교로서의 품격을 드러냈다. 어떤 상황에서도 흔들리지 않는 부동심과 냉철한 판단력, 그리고 일을 진행하는 추진력까지 갖춘 모습이었다.

"슬슬 움직여야 할 시간이다. 모두 주의 사항을 잊지 말도록!"

"걱정 마십시오. 기사들만 조심하면 되는 거니까요."

"그래, 그전에 끝내도록 할 테니까 쫄지 말고. 알았나!"

"흐흐! 물론입니다. 맡겨주십시오!"

맥기와 장교들의 입가에 흐릿한 미소가 감도는 것을 본 후 이안은 양군이 서로 마주보는 대형으로 늘어선 대연병장을 향해 신형을 날렸다.

기잉! 기이잉!

이안이 신형을 날리는 그 순간 린드버그 소장파가 장악하고 있는 구역에서 강렬한 기계음이 터져 나왔다. 그리고 곧장 10기의 기간트가 움직이며 도열해 있는 병력의 맨 뒤쪽에 자리를 잡고 섰다. 만약의 상황이 벌어지면 그대로 공격을 가할 태세를 갖춘 채였다.

'이런! 기간트까지 동원하다니……'

의심이 많은 자라는 것은 알았지만 항복에 가까운 협상을 원하는 상대들에게 기간트까지 동원할 줄은 몰랐다. 기간트가 동원된다면 자신이 만들어놓은 포위망이 뚫릴 가능성이 컸다.

'마동포는 병사들을 위협하기 위한 것이거늘……!'

마동포 30기를 동원하여 북쪽과 동쪽의 성벽 위에 배치를 해놓았다. 독립여단 소속의 병력들이 그레그 소장의 병력들과 함께 최후의 순간 린드버그 소장을 따르는 병력들을 마동포로 공격할 예정이었다.

'어떻게 한다?'

이안이 고민을 하는 순간 중앙에 마련된 테이블을 마주보며 양측의 장군들과 고위 장교들이 다시 얼굴을 맞댔다.

"하하하! 진즉에 내 뜻에 따라줬으면 오죽 좋았겠나. 하지만 이렇게라도 한편이 되기로 했으니 참으로 다행이라 생각하네."

린드버그 소장이 화통하게 웃으며 하는 말에 좌우로 도열한 다른 장군들 역시 화기애애한 모습을 보이며 마주한 그레그 소장 일파를 환영했다.

"환영하네. 우리와 뜻을 함께하기로 한 거 말일세."

"하하! 다시 군단이 하나로 합쳐졌으니 무서울 것이 무엇이겠습니까. 바로 왕성으로 진군하시지요. 하하하!"

린드버그 소장을 따르는 무리들은 환한 표정으로 그레그 소장과 그 일파에게 덕담을 건넸다. 자신들이 함께하면 왕성을 장악하고 있는 란세르 왕자를 도와 높은 자리를 차지할 수 있다는 말들을 하며 미래에 대한 희망을 피력했다.

"다들 앉지."

"그러시죠."

린드버그 소장이 가운데 앉으며 손짓하자 다른 이들도 다같이 착석하며 그레그 소장과 그 측근들과 마주했다.

"그래 확약서를 받기를 원한다고."

"물론입니다. 원래 화장실은 가기 전하고 갔다 온 후의 심경이 다른 법이니까요."

"하하! 사람하고는."

비유도 참 귀족스럽지 못하게 한다는 생각에 린드버그 소장은 비릿한 조소를 머금었다. 그러나 3만에 가까운 병력을 죽이지 않고 자신의 손에 넣을 수 있다면 그 정도는 대수롭지 않게 넘길 수 있었다.

"어떤 내용이면 만족하겠나?"

"별거 있겠습니까? 선배님과 다른 장군들의 이름이 들어가고… 그리고… 아! 다아크 공작 각하와 한편이 되었으니 안전을 보장한다는 내용 정도면 만족합니다."

"흐음… 다아크 공작 각하라… 상관없겠지."

다아크 공작의 밀명을 받고 움직이는 것이니 그의 이름을 판다고 해도 문제가 될 것은 없었다. 어차피 내전은 란세르 왕자의 왕성 점령과 자신들의 병력이 확실하게 중부 지역을 점령하는 것으로 끝날 것이기 때문이었다.

'크리스토퍼 대공께서 로크 제국의 군대와 함께 오실 것이니 실패할 이유가 없는 싸움이니까.'

다아크 공작을 반대하는 무리들이 아무리 병력을 모아봤자 20만이 안 되는 숫자였다. 그에 반해 다아크 공작과 자신의 2군단만 합해도 그 정도 병력이었고 크리스토퍼 대공의 병력까지 합하면 그 두 배에 달했다. 거기에 기간트 전력은 몇 배를 넘어서는 것이니 지려야 질 수 없는 싸움이었다.

"좋네. 그 정도야 얼마든지 해줄 수 있지."

린드버그 소장이 다아크 공작의 명령으로 2군단을 이끌고 왕성으로 진군한다는 내용과 그에 따르는 장군들의 작위와 직책을 보장한다는 것을 적었다. 그리고 마지막으로 2군단장 대리의 직인을 찍는 것으로 마무리했다.

"여기 있네."

"감사합니다. 어디 보자……."

그레그 소장이 확약서를 받아 들고 빠짐없이 내용을 살폈다. 린드버그가 말한 대로 안에는 자신은 다아크 공작의 명령으로 2군단을 움직여 왕성으로 향한다는 것이 적혀 있음을 확인했다.

"좋군요."

"하하! 그럼 이제 우리는 한편인가?"

"그건 아니지요."

"뭐라? 지금 나를 우롱하는 것인가?"

린드버그 소장은 갑자기 싸늘한 안광을 발하는 그레그 소장을 보며 분통을 터뜨렸다.

"나는 군인으로 조국 락토르를 지키는 자다. 어찌 매국노인 다아크 공작의 명령을 받고 조국 락토르를 멸망시키려는 자와 함께할 수 있겠는가!"

그레그 소장은 검을 뽑아 든 채 마나를 실어 거친 음성을 토해냈다. 웅웅거리듯이 퍼져 나가는 그의 음성은 대연병장에 모여 있는 2군단 장병들에게 낱낱이 들렸다.

"보라! 이것이 매국노 다아크 공작을 따르는 린드버그 저자의 고백이 담긴 자술서이니라!"

왼손을 번쩍 쳐들은 그레그 소장의 손에 들린 확약서는 어느새 린드버그 소장의 자술서가 되어버렸다. 다아크 공작의 이름으로 확약을 해야 한다고 한 그레그 소장의 요구를 수용한 린드버그 소장의 자필 확약서가 반역자의 도당이라는 자술서가 되게 만들어 버린 것이다.

"너희는 군인인가? 아니면 매국노를 따라 조국 락토르를 멸망의 길로 이끄려는 패역한 무리들인가!"

그레그 소장의 외침에 당황하기 시작한 린드버그 소장 휘하의 병력들은 심각한 고민에 빠져들었다.

"크크크! 그깟 종이 쪼가리가 무어라고. 내 오늘 너희 놈들을 다 쳐 죽이고 왕성으로 갈 것이니라. 전군 공격하라!"

린드버그 소장의 명령이 떨어지자 핵심 장교들과 기사들은 일제히 검을 뽑아 들고 그레그 소장과 그 휘하의 병력들을 향해서 공격을 감행했다.

후웅! 콰쾅! 콰콰콰콰콰콰콰쾅!

수십 발의 포성이 천지를 뒤흔들고 연이어 린드버그 쪽 병력들이 도열해 있던 곳으로 강력한 에어 블래스터 마법이 떨어져 내렸다.

"헉!"

"피, 피해!"

다급한 비명을 토해내며 린드버그 소장의 병력들은 사방으로 피하려 했다. 그러나 대연병장을 가득 메우고 있는 탓에 피할 수 있는 공간은 아군을 밀어내는 것밖에 없었다.

"멈춰라!"

웅웅거리며 포성을 뚫고 들리는 또렷한 음성에 모두는 아우성치던 것을 멈추고 소리가 난 곳으로 시선을 돌렸다. 그곳에는 공중에 둥실 떠 있는 한 사람의 모습이 모두의 시선에 잡혔다.

"너희도 마동포의 위력에 대해 알 것이다. 조금이라도 움직이는 놈들은 그대로 마동포로 지옥에 떨어지게 될 것이다!"

이안의 외침에 싸우려고 검을 뽑아 들었던 린드버그 소장 파의 군인들이 한순간에 얼어붙었다. 그들은 모두 몇 개월 전에 윈터폴 요새로 접근하려다 마동포에 두들겨 맞은 전력이 있었다. 그때 보았던 마동포의 위력은 자신들을 몰살시킬 수 있는 힘이 있음을 기억한 것이다.

"들어라! 나 이안 폰 레이너 준장이다."

"이안 레이너……!"

"헐! 왕국의 영웅!"

병사들은 헥토르 후작 반란 사건을 진압하며 보여줬던 이안 레이너의 영웅적인 스토리에 감화된 상태였다. 비록 자신들과 마찰을 빚은 적이 있지만 그건 레마겐 후작 때문이지 자신들과의 문제는 아니었다.

"뭣들 하는가! 당장 저놈을 죽여라! 죽여!"

린드버그 소장은 이안이 뭔가 말하려고 하는 것이 자신에게 결코 유리한 것이 아님을 직감적으로 알았다. 그 결과가 나오기 전에 싸움을 붙여서 모두 제압하는 것이 낫다는 판단에 고래고래 소리를 지르며 싸움을 유도했다.

"공격하라! 공격!"

기사들이 제일 먼저 전투에 나서자 병사들은 별수 없이 싸움을 해야 했다. 내키지 않는 싸움이라고 해도 목숨이 걸린 이상 필사적이 될 수밖에 없었다. 그렇게 싸움이 시작되자 린드버그는 뒤쪽에서 경계를 하고 있는 부관을 불렀다.

"부관!"

"네, 장군!"

"기간트를 움직여. 아무리 마동포라고 해도 기간트가 움직이면 잡아낼 수 있어."

"알겠습니다."

부관이 달려가는 모습을 본 린드버그 소장은 자신의 앞에서 검을 뽑아 든 채 노려보고 있는 그레그 소장에게 비릿한 조소를 입가에 그렸다.

"고작 저 애송이를 믿고 일을 저지른 것인가? 그렇다면 아주 실망스러운 일이로군그래."

"글쎄다. 누가 실망을 할지는 두고 봐야겠지. 안 그래?"

어느새 반말로 응수하는 그레그 소장은 린드버그와 그 일파들이 달려들자 맞상대를 하기 위해 신형을 날렸다.

'별수 없는가… 어느 정도 학살은……'

대연병장은 요새의 정가운데 위치했고 병사들이 대거 몰려 있는 상황이라 마동포로 사격하면 학살에 가까운 결과를 낳게 되어 있었다. 그럼에도 싸움을 시작한 병사들을 보며 이안은 이를 앙다물었다.

"마동포 1차 사격을 가하라! 사격!"

"추웅! 발사!"

후웅! 콰쾅! 콰콰콰콰콰콰쾅!

위력적인 에어블래스터 마법이 마동포에서 쏘아지고 린드버그 소장의 병력이 움직이고 있는 곳으로 떨어졌다. 30발의 5클래스 마법은 그 위력만으로 한 번에 수천명이 넘는 병사들을 휩쓸어 버렸다.

"크아아악!"

"살려줘! 커억!"

비명을 지르며 죽어가는 병사들이 에어블래스터의 폭발로 인해 이리저리 튕겨져 나가며 이차 피해를 양산해 냈다. 그 위력에 싸움을 시작하려던 병사들은 일순 다시 얼음 석상이 되어버렸다.

"마동포는 아직 연사로 3번 더 쏠 수 있다. 30초가 지나면 다시 5번을 쏠 수 있고 말이야. 너희를 전멸시키는 것은 1분이면 족하다는 소리다."

이안이 마나를 실어서 외치는 그 말에 병사들은 헉 소리를 내며 바닥에 주저앉았다. 1분이면 4만이 넘는 자신들을 학살할 수 있다고 하는 말에 기가 질려 버린 것이었다.

"항복하라! 그 길만이 너희가 살길임을 명심하도록!"

이안이 항복을 종용하자 병사들은 심각한 갈등에 휩싸였다. 만약 항복을 하게 되면 윗사람들에 의해서 즉결 처분을 당할 수도 있었다. 이래 죽으나 저래 죽으나 하는 문제라면 동료들을 배신하지 않는 것이 나았다.

구궁! 쿠쿠쿠쿠쿵!

뒤쪽에서 락토르 왕국의 범용 기간트인 젤러스가 빠른 속도로 북쪽과 동쪽의 성벽을 향해서 움직였다. 마동포에서 쏘아지는 에어블래스트 마법은 기간트를 뒤로 물러나게 하거나 약간의 피해를 줄 수는 있어도 파괴는 불가능했다. 기간트 자체에 새겨져 있는 대마법 방어진 때문이었다. 그것을 믿고 기간트를 움직여 성벽의 마동포를 제압하려는 것이었다.

'빌어먹을 작자… 병사들을 다 죽일 생각인가? 큭!'

그레그 소장등과 치열하게 싸우고 있는 린드버그 소장은 결코 싸움을 멈출 생각을 하지 않았다. 멈추면 그 즉시 죽어나가는 것은 자신일 것이니 어떻게든 승부를 보려는 것이 분명했다.

"라피드 소환!"

후웅! 징! 지징! 파앗!

라피드가 아공간에서 빠져나오며 거대한 마신의 형상을 한 거체가 모습을 드러냈다. 그러자 이안을 바라보고 있던 병사들은 경악에 찬 두 눈을 감지도 못한 채 어버버거렸다.

"마, 마왕이다!"

"으으… 도, 도망가야 해."

"난 죽고 싶지 않아. 살려줘!"

병사들은 마신의 거대한 뿔이 솟아 있는 라피드의 거체를 보며 죽음을 떠올렸다. 강철로 만들어진 다른 기간트와는 다르게 근육과 마수의 가죽이 합쳐져서 만들어진 라피드의 형상은 지옥에서 올라온 마신의 모습을 연상하게 했다.

5장

까짓것, 구하면 되지

　젤러스에 탑승한 린드버그 소장측의 라이더들은 갑자기 나타난 라피드를 보고 화들짝 놀랐다. 나이트급 기간트의 평균 체고와 비슷해 보이지만 강철이 아닌 마수의 가죽으로 이루어진 외장갑은 공포심이 절로 들었다.

　―자, 장군! 어떻게 합니까?

　린드버그 소장을 따르는 기간트 부대의 부대장인 리버티 준장은 묵직한 음성을 토했다.

　―그래봐야 적은 한 대다. 쫄 것 없어!

　―그러면……?

─먼저 저 이상한 놈부터 처리한다. 가자!

─추웅!

기간트들이 방향을 바꿔 이안이 탑승하는 라피드를 향해서 달려왔다. 그러자 기간트들의 전투 결과에 따라 가부간의 결정을 하기로 한 병사들이 전투를 중지하고 서로 간에 뒤로 물러났다.

"라피드 탑승한다!"

이안이 라피드에 탑승하겠다는 말을 꺼내기 무섭게 라피드의 몸체 중앙 부위로부터 마법진이 만들어졌다. 그리고 그 마법진으로 빨려 들어가는 이안은 어느새 라피드의 조종석으로 이동해 있었다.

─마스터의 탑승을 환영합니다.

"고맙군."

이안의 머리와 몸, 그리고 양팔과 다리에 라피드의 촉수가 연결되고 완벽하게 하나로 합쳐졌다.

─동화율 체크! 70% 75… 91… 95% 동화율 체크 완료!

"95%라… 좋군!"

이안은 동화율이 95%를 유지되는 것에 흐뭇한 미소를 지었다. 그간 라피드를 타고 라이딩을 하지 못했기에 동화율이 떨어졌을지도 모른다는 생각을 하고 있었다. 그러나 동화율이 떨어지지 않았다는 소리를 들으니 기분이 좋았다.

물론 앞으로 계속해서 싸워야 할 것을 생각하면 동화율을 더 올리기 위해서 노력해야 한다는 자기반성도 잊지 않았다.

"전속 기동!"

—마스터의 뜻대로!

라피드는 오랜만에 주인이 소환해서인지 초반부터 강력한 힘을 뿜어냈다. 가장 스피드에 특화된 기간트라고 칭해지는 젤러스의 속도를 느림보로 만들 정도로 빠르고 기민하게 움직였다. 그리고 바닥이 움푹움푹 패일 정도로 강력한 힘을 동반한 기동으로 시선을 사로잡았다.

—너, 너무 빠릅니다.

—그래봐야 한 놈이다! 집단 방어 진형으로!

—하, 하지만……!

집단 방어 진형으로 압박하려고 해봤자 저런 움직임을 보이는 적에게 먹혀들 것 같지 않았다. 그러나 다른 동료들이 어깨를 맞대고 3줄로 늘어서며 집단 방어 진형을 갖추자 어쩔 수 없이 따라야 했다.

"나는 이안 레이너 준장이다. 지금이라도 항복하는 자는 처벌하지 않겠다. 항복하라!"

이안은 쾌속 질주를 하며 적들에게 항복하라고 종용했다. 기간트 1대가 아쉬운 상황이니 최대한 살려보려는 노력의 일환이었다.

―1조가 정면에서 방어하고 2, 3조가 포위한다. 개진!

―합!

4기의 젤러스가 일렬횡대로 돌격해 들어오고 3기씩 나뉘어 좌우로 벌려서 돌아 들어왔다. 4기가 정면에서 바짝 붙으며 옴짝달싹하지 못하게 만든 상태에서 좌우로 돌아 들어오는 기간트들이 삼각형을 그리며 완벽하게 포위했다. 그리고 이루어지는 젤러스의 범용 무기인 기간틱 랜스로 빠르게 이안의 라피드를 공략해 들어갔다.

'역시 젤러스가 빠르긴 빨라.'

이안은 젤러스들이 대형을 갖추고 자신을 포위하는 것을 지켜만 봤다. 각개격파를 한다면 능히 충분히 빠르게 적들을 정리할 수 있지만 지켜만 보는 이유는 적들에게 공포를 심어줄 만큼 강력한 충격을 주기 위함이었다.

―죽어랏!

가장 선두에서 치고 들어오는 젤러스가 긴 기간틱 랜스를 호쾌하게 찌르며 라피드의 몸통을 노리고 달려들었다.

'전방… 후방에서 둘!'

이안은 기감을 넓게 퍼뜨려 적들의 움직임을 잡아냈다. 그리고 그것에 맞춰서 라피드를 반사적으로 컨트롤하기 시작했다.

쉬릿! 부우웅! 파팟!

허공을 가르며 지나가는 기간틱 랜스들이 연신 헛방질을 했다. 그 결과 비어버린 라피드가 있던 곳으로 밀려들어가는 3기의 젤러스가 서로 충돌을 일으켰다. 가까스로 서로의 무기는 회수했지만 워낙 빠르게 돌진한 탓에 그 힘을 이기지 못했기 때문이었다.

—뭐가 이리 빨라!

—백업 들어가! 절대 놓쳐서는 안 된다!

리버티 준장은 제일 후미에서 다른 기간트들을 움직이는 역할을 수행했다. 그는 젤러스들의 빠른 속도를 배는 능가하는 속도로 움직이며 공세를 가볍게 피해내는 라피드의 모습에 점점 경악으로 물들어갔다.

—키넌이 3시 방향! 요한슨이 6시 방향을 막아!

리버티 준장은 미친 듯이 대원들의 움직일 곳을 지정해 주며 라피드를 잡기 위해 필사적이었다. 그러나 번번이 그들의 포위망을 빠져나가는 이안의 라피드는 생채기 하나입지 않은 모습이었다.

—으득! 밀란 대위!

—말씀하십시오.

—저놈을 붙잡아! 공격은 하지 말고 붙잡으라고. 내 말 알아들어?

─그, 그건… 알겠습니다.

자신의 기간트를 포기하고 이안의 라피드를 붙잡는 방식으로 상대하라는 뜻이었다. 붙잡기만 한다면 동귀어진하는 식으로 동료들의 공격이 한꺼번에 쏟아질 것이니 말이다.

─으아아아아아!

명령은 떨어졌고 군인이라면 그 명령을 반드시 행해야 하는 것이다. 설령 자신의 목숨이 사라지는 일이라고 해도 동료들과 승리를 위해서라면 무조건 해야 했다. 밀란 대위는 젤러스의 기간틱 랜스까지 팽개친 채 이안의 라피드를 잡기 위해 자신과 젤러스의 한계를 초과할 정도의 움직임을 보였다.

'이놈들은 왜 다들 이런 식으로 싸우는 건지 원……'

이안은 지금껏 싸웠던 기간트 대전을 비롯해서 적군 라이더들이 꼭 이런 식으로 자신을 상대하려는 것에 비릿한 조소를 입에 걸었다.

파팟! 쉬잇!

젤러스가 점프를 하면 안 된다는 통념을 무시하고 몸체를 날려 라피드를 향해 쇄도해 들어왔다. 관절이 부서지더라도 라피드만 붙잡는다면 그걸로 임무는 완수하는 것이었다.

"그래서 잡히기나 하겠어?"

이안은 라피드를 움직여 밀란 대위의 젤러스가 허리를 잡으려는 순간 공중으로 뛰어올랐다. 그리고 아래로 지나치는 젤러스의 등판을 그대로 내려찍듯이 밟으며 다른 젤러스들의 공격까지 피해냈다.

ㅡ헉! 마, 말도 안 되는……!

ㅡ기간트가 점프를… 헐!

상식을 파괴하는 움직임을 선보이며 자신들을 농락하는 이안의 라이딩 기술에 기가 질려갔다.

ㅡ뭐하는 건가! 어서 공격해. 저런 미친 짓을 하고 무사할 리 없다!

점프를 하면 기간트의 무게를 이기지 못하기에 관절 부위에 심각한 손상이 입었을 거라고 여긴 리버티의 호통에 기가 질렸던 라이더들이 다시 이안을 향해 공세를 재개했다.

'리버티 준장부터 제거해야겠군.'

이안은 뒤에서 라이더들을 움직여 공세를 퍼붓는 리버티 준장을 제거하는 것이 우선이라고 판단했다. 그만 사라진 다면 다른 라이더들은 싸우지 않아도 항복할 수 있을 것이었다.

ㅡ놈이 멈췄다. 모두 달려들어!

리버티 준장은 이안의 라피드가 멈추자 확실히 관절에 심각한 대미지를 입은 거라 생각하고 총공격을 명했다. 그러자 대형을 갖춘 채 이안을 몰아넣던 기간트들이 일제히 쇄도해 들어가며 랜스를 매섭게 찔러 넣었다.

"흐랏!"

후웅! 쉬쉬쉬쉬쉿!

라피드의 거검에서 푸른 오러가 솟구쳐 올랐다. 그리고 그 오러는 사방에서 찔러 들어오는 기간틱 랜스들을 향해 둥근 원을 그리며 뻗어나갔다.

—헉! 마, 마스터!

—피해라! 기간틱 오러다!

이글거리며 타오르는 푸른 오러가 거검에서 솟아올라 사방을 쓸어가는 것에 라이더들은 기겁했다. 단순히 마스터로 알고 있던 이안이 라이딩 마스터라는 것에 경악했다. 랜스의 길이를 상회하는 오러가 소용돌이치듯이 사방을 휘몰아치고 그 오러에 휩쓸리는 것들은 그대로 갈기갈기 찢긴 채 가루가 되어 흩어졌다.

—마, 막아라! 막아!

리버티 준장은 라피드의 거검에서 쏟아지는 오러가 사방을 베어내고 자신을 향해서 서서히 다가오는 것에 뒤로 주춤거리며 물러섰다. 그러면서도 부하들에게는 이안을 막으라고 소리치며 그들이 희생하는 동안 도망갈 생각을 했다.

"비겁한 놈! 어딜 도망가려 하는가!"

이안은 리버티 준장이 도망가려고 하는 것을 대번에 눈치

챘다. 그 어이없는 상황에 리버티 준장의 부하들도 일순간 동작을 멈추고 말았다. 믿었던 그가 자신들을 버리고 살기 위해 도망가려고 하는 것에 하늘이 무너져 내리는 배신감에 빠지고 말았다.

—으으… 하, 항복… 항복하겠다.

리버티 준장은 부하들이 저항을 멈추고 오롯이 이안의 라피드가 자신을 향해 걸음을 옮기며 다가오자 뒤로 물러서다 엉덩방아를 찧고 말았다. 주춤거리며 물러서다 다리가 꼬여 넘어진 그는 도망갈 엄두를 내지 못하고 항복하겠다고 외쳤다.

"항복은 없다!"

이안은 리버티 준장을 단죄함으로 다른 이들에게 저항의 의지를 지워 버릴 생각이었다.

—하, 항복! 항복한다고!

계속해서 항복을 외치는 리버티 준장은 사신의 발걸음이 자신을 향해 계속해서 다가오자 공포에 질려 개처럼 기어서 뒤로 물러섰다.

—항복한 자를 죽이는 예는 없는 법이다. 항복한단 말이다. 항복!

리버티 준장의 외침은 계속해서 멍하니 쳐다보고 있는 병사들의 귀를 사정없이 때렸다. 그들은 자신들을 이끄는 자들

중의 한 명이 비굴하게 애원하는 말들을 들으며 실망, 아니, 절망을 하고 있었다.

"항복하라고 할 때는 죽이라고 소리치더니 네놈이 죽게 생기니 항복이라는 건가? 그런 놈의 항복은 내가 거부한다. 죽어라!"

이안은 그대로 오러를 응축시켜서 폭발시키듯이 쏘아냈다. 꽝음과 함께 쏘아져 나가는 오러뷰렛의 황홀한 빛의 폭발이 허공에 푸른 선을 만들어냈다.

콰앙! 콰드드드등!

—컥! 사… 살려… 줘…….

리버티 준장은 마지막까지 살려달라는 비굴한 말을 남긴 채 죽음을 맞이했다. 그의 죽음을 본 병사들은 저항이라는 단어를 머릿속에서 지워 버렸다. 거대한 오러를 뿜어내며 학살하듯이 리버티 준장을 죽인 이안이 자신들도 그리 만들 거라는 공포에 질려 버린 것이다.

"마지막으로 말한다. 항복하라!"

이안은 거검을 들어 올려 성벽 위에서 마동포를 겨누고 있는 부하들 쪽으로 향했다.

"10을 세는 동안 무기를 버리지 않으면 모조리 죽이고 매국노 다아크 공작을 징벌하러 갈 것이다. 10! 9!"

이안이 마나를 실어 숫자를 카운팅하기 시작하자 서로를

처다보며 겁에 질려 있던 병사들은 어찌할 바를 모르고 우왕
좌왕했다.

"카운트가 끝나는 즉시 마동포를 발포하라! 8! 7!"

숫자는 계속해서 1을 향해서 낮아져 갔고 거검은 1이 되는
순간 아래로 내려지며 마동포의 발포를 명할 것이었다. 점점
죽음에 대한 공포가 병사들을 휩쓸어가고 그들은 미치기 일
보직전까지 몰렸다.

철컹! 철컹!

"항복합니다."

"난 죽고 싶지 않아! 항복……!"

한 명이 병장기를 집어 던지며 항복한다는 말을 외치자 그
것은 전염병이 휩쓸 듯 병사들에게로 퍼져 나갔다.

"웃기지 마라. 항복한다고 살려줄 거 같은가! 싸워라! 마지
막까지 싸워라!"

"무기를 버리는 놈은 즉결 처분한다. 무기를 들어라! 어
서!"

장교들은 항복하는 병사들 사이에서 발악을 하며 일부는
즉결처분하는 자들까지 있었다. 어떻게든 싸우게 만들어서
전세를 역전시켜 보려는 발악이었다.

쎄에에에엑! 퍼걱!

"컥!"

먼 거리에서 날아온 쿼렐이 병사를 향해 검을 휘두르던 장교의 머리통을 꿰뚫어 버렸다. 그리고 시작된 저격은 동시다발적으로 곳곳에서 일어났다.

"으으… 어떻게 이럴 수가……."

족히 300미터 이상 떨어진 먼 거리를 날아와 저격해 버리는 쿼렐의 위력에 검을 휘두르던 장교들이 하나둘씩 죽어 나갔다. 자신들은 죽지 않을 거라는 막연한 생각에 악독하게 병사들에게 검을 휘두르며 저항하던 자들도 죽음의 공포 앞에 무릎을 꿇고 말았다.

"하, 항복하겠소."

"투항… 투항합니다."

장교들마저 검을 던지며 항복하자 대연병장의 한편을 가득 메우고 있던 병사들은 모두 무릎을 꿇은 채 머리 위로 손을 올렸다.

'이제 남은 것은… 헛! 정말 박터지게 싸운다는 표현이 저런 거로군.'

이안은 라피드에서 가장 핵심이라고 할 수 있는 그레그 소장과 린드버그 소장들의 싸움에 시선을 돌렸다. 그곳에서는 200여 명이 넘는 고위 장교들과 기사들이 한데 어우러져 싸우고 있었다. 숫자는 린드버그 소장쪽이 더 많았지만 실력은 그레그 소장쪽이 위였다. 질과 양의 싸움이다 보니 어느 한쪽이 우위를 잡지 못하고 치열하게 서로에게 상처를 입히는 식으로 진행되고 있었다.

"탑승 해제!"

후웅! 스팟!

이안은 곧바로 라피드에서 빠져나오며 아공간으로 돌려보냈다. 그리고 자신이 마지막으로 정리해야 할 싸움이 벌어지고 있는 곳으로 신형을 날렸다.

"이제 그만 포기하는 것이 어떤가?"

"닥쳐라! 내 네놈만은 반드시 베고 말겠다!"

그레그 소장은 린드버그 소장에게 포기를 권유했다. 이미 싸움은 모두 그쳤고 오직 자신을 비롯한 고위 장교들과 기사들만 싸우고 있었다. 그럼에도 악착같이 검을 휘두르는 린드버그 소장의 독기가 애처롭게 느껴졌다.

"흐랏! 포스일루젼!"

린드버그 소장의 검이 기묘한 환상을 만들어내며 무수한 변식을 만들어 냈다. 방어를 도외시한 채 오로지 죽이는 것에만 특화된 검술이 그레그 소장의 목을 노리고 날아들었다. 마치 그레그 소장의 목을 베고 자신 역시도 같이 죽기를 원하는 것 같은 검식이었다.

"피하십시오!"

그레그 소장은 동귀어진을 노리는 린드버그의 검식에 마지막을 생각했었다. 그러던 차에 들려 온 이안의 음성은 한 줄기 희망의 빛이었다.

"부, 부탁하네."

그레그 소장이 급히 뒤로 물러나며 최대한 방어 검식을 펼쳐서 린드버그의 검세를 해소했다. 그렇게 그가 자리를 빠져나가자 그 빈자리에 이안의 내려섰다.

투캉! 카가가강!

순식간에 무수히 일어나는 환영을 검으로 갈라 버린 이안은 뒤로 튕겨져 나간 린드버그 소장에게 검을 겨눴다.

"크윽… 네, 네놈이… 감히…….."

한차례 충돌한 여파로 인해 심각한 내상을 입은 린드버그 소장은 원독에 찬 눈빛으로 이안을 노려보았다.

"같이 죽자. 이놈!"

마지막 힘을 쥐어 짜낸 린드버그 소장은 악귀의 눈빛을 한 채 이안을 향해 살기 가득한 검식을 펼쳤다. 무모하리만치 저돌적인 검세가 폭발하듯이 이안에게 쏘아져 들어가고 지켜보는 자들마저 그 독랄함에 치를 떨었다.

"어리석은 자 같으니."

이안은 잰걸음으로 움직이며 빠르게 발을 교차시키듯이 신형을 틀었다. 그럴 때마다 쉭쉭 소리를 내며 지나가는 검세를 순간적인 손목의 움직임만으로 튕겨냈다.

"크윽… 큭!"

팅팅 소리가 반복적으로 울리고 그때마다 린드버그의 검에 솟아 있던 마나 소드가 급격하게 꺼져갔다. 그리고 어느 순간 오러에 의해 검이 반으로 쪼개지며 린드버그의 신형이 바닥을 굴렀다.

"으득… 어서 죽여라, 이놈!"

자신의 꿈을 무참하게 깨버린 이안에게 린드버그 소장은 죽이라고 소리쳤다. 이미 자신이 가진 것은 아무것도 없었고 남았다면 비참하게 처형을 당하는 것이었다. 그렇게 죽으니 적인 이안의 검에 죽기를 바라며 악에 바쳐서 소리를 질러댔다.

"훗! 그럴 수는 없지. 네놈에게는 죽음은 너무 가벼운 형벌일 테니 말이야."

이안은 린드버그의 손에 들린 반쪽만 남은 검을 쳐내고 마나로드를 강하게 후려쳤다.

"컥… 우웩!"

검붉은 피를 토하는 린드버그 소장은 심각한 내상을 입어 몇 개월 이내에는 마나를 사용할 수 없게 되었다. 그대로 둔다면 그 내상으로 인해 목숨을 잃을 수도 있었지만 이안은 싸늘한 미소를 남긴 채 신형을 틀어버렸다.

"수고 많았네."

어느새 다른 고위 장교들과 기사들의 싸움도 멈춰졌고 썩은 표정으로 적들은 무기를 버린 채 무릎을 꿇고 있었다. 그레그 소장은 만면에 환한 미소를 지은 채 다가와 이안에게 고마움을 표했다.

"당연히 해야 할 일이었습니다."

"아닐세. 자네가 아니었다면 우리 2군단은 큰 피해를 입어야 했을 게야. 그러니 만 번이라도 절을 하고 싶은 심정일세. 하하하!"

"선배님도 참······."

이안은 쑥스러워하는 모습을 보이며 겸양을 표했다. 이전까지 적들을 죽음의 공포로 몰아넣었던 이답지 않은 그 모습에 그레그 소장은 역시 영웅은 다르다는 생각을 가졌다.

"아참! 뒷정리를 부탁드립니다."

"응? 어딜 가려는 겐가?"

그레그 소장은 자신에게 뒷정리를 부탁하는 이안을 보며 의문을 드러냈다. 왠지 어디론가 가려고 하는 듯한 느낌을 받았기에 그 행선지를 묻는 것이었다.

"국왕 전하를 구하러 갈 생각입니다."

"국왕 전하를? 으음··· 구하기는 해야지."

그레그 소장은 국왕을 구하러 가야 한다는 이안의 말에 심정적으로 동의는 하면서도 그다지 내키지 않는 반응을 드러냈다. 지금의 사태를 만들어낸 왕을 구해봤자 이후의 일들에 도움이 되지 않을 거라는 생각을 하는 것이었다.

"로크 제국을 물러나게 하려면 국왕의 신변이 꼭 필요합니다. 국왕에게 다아크 공작이 뭔가 수작을 부렸으니 그걸 알아내는 것이 중요합니다."

"수작이라? 혹 알고 있는가?"

"잘은 모르지만 급격하게 포악해졌다는 이야기가 있으니 흑마법이 아닐까 생각하고 있습니다."

"흑마법이라… 허어……."

흑마법에 의해서 국왕이 변한 것이라면 그것을 건 자가 이번 사태를 일으키도록 사주한 인물이라는 뜻이었다. 그것이 다아크 공작이라면 크리스토퍼 대공이 마계를 운운하며 침공한 것을 무의로 돌릴 수 있었다. 그래서 국왕을 구해야 한다는 것을 생각하자 이안에게 지워진 짐이 너무 무겁게 느껴졌다.

"후우… 내가 도울 수 있는 것은 없겠나?"

그레그 소장은 자신이 도울 수 있는 것이라면 설령 목숨을 내놓는 일이라고 해도 모두 들어줄 생각이었다. 그렇게라도 이안을 도와 멸망의 기로에 선 조국을 구하고 싶었다.

"선배님은 2군단을 장악하고 이 요새를 지켜주십시오. 최악의 경우… 크리스토퍼 대공과 다아크 공작의 군세가 이곳을 공격할지도 모릅니다."

"최악의 경우라… 내 목숨을 걸고 이 요새를 지키겠네. 그러니 걱정하지 말고 보중하시게."

그레그 소장의 결의에 찬 대답에 이안은 흐릿한 미소를 입가에 베어 문 채 고개를 숙였다.

"그럼 부탁합니다."

"고생하게. 이 말밖에 할 것이 없구면."

그레그 소장의 화답에 이안은 급히 신형을 돌리며 부하들이 있는 곳으로 움직였다.

"독립여단은 신속히 요새를 빠져나간다. 서둘러라!"

"추웅!"

맥기를 비롯한 부하들이 우렁차게 대답한 후 썰물처럼 자신들이 들어왔던 곳을 통해 빠져나가기 시작했다. 채 몇 분도 안 돼서 사라져 버리는 독립여단의 병사들을 보는 2군단원들은 혀를 내두르며 그들의 질서정연함을 칭송했다.

'삼엄하네 정말…….'

이안은 독립여단의 병력을 워프 마법진으로 왕성의 바로 옆으로 이동시켰다. 국왕을 구하기 전에는 싸울 수도 없는 노릇이라 울창한 숲지에 남겨둔 채 홀로 왕성으로 잠입하려 했다.

'마법을 사용할 수 없으니 답답하군… 흠!'

왕성의 외벽에 둘러쳐진 마법 저항진의 영향으로 6클래스 이하의 마법은 시전조차 할 수 없었다. 덕분에 이안은 마법을 제외한 육체적인 능력만으로 왕성에 잠입해야 했다.

'왕실 마탑을 먼저 부숴야 하나? 아참! 이실리스 후작은 누구의 편에 선 거지?'

왕실 마탑주인 이실리스 후작은 7클래스의 마도사로 그가 누구의 편에 섰느냐에 따라 큰 변수로 작용할 수 있었다. 그러니 그가 다아크 공작의 편이라면 서둘러 제거하는 것이 앞날을 위해서도 좋은 일일 터였다.

'정말 천혜의 요새라고 해도 무방한 곳이야.'

왕성은 100미터의 바위산 지형을 깎아 만든 곳에 세워져 있었다. 입구만 막는다면 백만 대군이 쳐들어온다고 해도 충분히 막아낼 수 있는 곳이었다.

'그래도 뚫지 못할 곳은 아니지. 후후!'

이안은 왕성의 뒤쪽에 자리한 거대한 절벽을 타고 올랐다. 떨어지는 순간 그대로 즉사를 면치 못할 곳을 오로지 힘으로 버티며 이동한 그는 산 그림자에 가려진 곳을 통해 왕성으로 내려갔다.

"후아… 마법을 사용하지 못하니 정말 불편하네. 쯧!"

간신히 절벽을 타고 내려와 왕성 안으로 들어선 이안은 곳곳에 배치된 병사들의 눈을 피해 건물 옥상으로 뛰어올랐다. 그리고 건물과 건물을 타고 넘어가며 자신이 가야 할 곳으로 이동했다.

"누, 누구요?"

감시의 눈초리가 잔뜩 깔려 있는 것을 느낀 이안은 레이너 상회의 입구를 피해 뒷문으로 잠입해 들어갔다. 그리고 제일 먼저 눈에 띄는 고급스러운 팔라멘튬을 입은 사내의 뒷덜미를 제압했다. 겁에 질린 사내가 놀란 어조로 묻자 이내 자신의 정체를 밝혔다.

"나는 이안 폰 레이너 백작이다. 나를 아는가?"

"헉! 상단주님을 뵙니다. 소인은 상회 서기를 맡고 있는 폴이라고 합니다요."

"그런가? 반갑군."

이안은 자신을 아는 폴의 뒷덜미를 놓아주며 자신의 얼굴을 보였다. 그러자 황송하다는 듯이 고개를 숙이며 폴은 자신의 주인인 샐리의 명령을 떠올렸다.

"저를 따라오십시오. 샐리 단주님께 모시겠습니다."

"부탁하지."

상회 안의 경비가 무척 삼엄하다는 것을 기감을 통해서 느낀 이안은 사방에서 몰려오고 있는 상단 무사들의 수준을 체감할 수 있었다.

'제법인데? 저 정도의 전투 노예들을 구했을 줄이야.'

적어도 30명 이상의 익스퍼트급 전투 노예들이 풍기는 기세가 사뭇 진중하고 단단하게 느껴졌다.

"여깁니다, 상단주님!"

"고맙군. 그럼 수고하게."

이안은 폴의 안내를 받아 샐리의 집무실에 들어섰다. 집무실의 입구에서 느껴지는 기세로 보아 적어도 4명의 익스퍼트가 잠복을 하고 있음을 알 수 있었다.

끼익!

일부러 그랬는지 문을 열 때 꽤 큰 소리가 났다. 침입자가 있을 때 그것을 알아채기 위해서 일부러 그런 것인 듯싶었다.

"누구세요?"

서류에 파묻혀 있던 샐리는 노크도 없이 문을 열고 들어오는 누군가를 향해 살짝 경계하는 목소리로 물었다. 그러나 이내 그녀는 자리에서 벌떡 일어나며 종종걸음으로 달려 나왔다.

"주군!"

"고생이 많네."

"어서 오세요. 연락도 없이 용케 왕성 안으로 들어오셨네요. 호호!"

샐리는 화사하게 피어난 얼굴로 이안의 앞에 바짝 다가섰다. 자신의 목숨을 구해준 은인이자 가문의 은인인 이안을 위해서라면 무엇이든 할 각오가 되어 있는 그녀는 진심으로 자신만의 주군을 반겼다.

"시간이 급해서 연락도 없이 왔어. 그래 내가 미리 말한 것은 준비됐어?"

이안의 물음에 샐리는 입술을 삐죽 내밀며 살짝 불만이라는 듯한 표정을 지었다. 자신보다 일이 더 우선인 듯한 주군의 행사에 소소한 반항을 하는 것이었다.

"물론이죠. 주군의 명인데 어찌 소홀히 했겠어요."

"다행이네."

이안은 국왕을 구하는 일이 너무도 시급했기에 다른 것은 돌아볼 겨를이 없었다. 심적으로 쫓기는 그의 입장을 아는지라 샐리도 더는 투정 없이 자신이 준비한 것을 이안에게 브리핑했다.

"이걸 보세요."

샐리는 자신의 책상 서랍에서 천으로 감싼 작은 보퉁이를 꺼내 이안에게 건넸다. 서둘러 보퉁이를 연 이안은 그 안에 들어 있는 수십 장의 지도를 볼 수 있었다.

"이건……."

"왕궁의 설계도예요. 그리고 왕성의 지도들과 지하 수로의 지도도 있어요."

바위산을 깎아서 만들었다고 해도 왕성의 지하는 물이 흐를 수 있도록 설계되어 있었다. 그리고 그 설계는 300년 전 락토르 왕국을 건국한 건국왕의 지시에 의해서 드워프 장인들이 치밀하게 해놓았었다.

"그런데 국왕을 구할 수 있겠어요? 주군 홀로는 무리일 거 같아서 걱정이에요."

샐리는 이안이 국왕을 구하러 왕궁 지하에 있는 감옥으로 잠입하려는 것이 걱정이었다. 수많은 적들이 첩첩으로 에워싸고 있는 곳으로 제 발로 걸어 들어가는 것이니 걱정일 수밖에 없었다. 만에 하나라도 잘못된다면 락토르 왕국이 무너지는 것이 문제가 아니었다.

"으음… 이것만 봐서는 도저히 알 수 없겠군."

설계 도면을 아무리 보아도 어디가 어디인지 알기 어려웠다. 대강의 위치는 왕궁을 몇 번 드나들었기에 어렴풋이 기억하지만 지하로 침투하는 것이 문제였다.

"주군! 괜찮으시겠냐구요!"

샐리는 자신의 물음에는 대답도 없이 침투할 생각에만 몰두하는 이안에게 뾰족한 소리를 질렀다.

"아? 미안. 무슨 말을 했어?"

"혼자서 왕궁으로 가는데 괜찮겠냐구요!"

"아! 난 또 뭐라고. 국왕을 구해야 하니까 안 괜찮아도 가야지. 그리고 나 혼자라면 절대 안 잡힐 자신도 있고 말이야. 그런데 지도만 봐서는 도저히 모르겠는데?"

"여기를 먼저 가세요. 도둑길드에서 길 안내를 해줄 최고의 도둑을 붙여주기로 했어요."

"그래? 그럼 다행이고. 일이 훨씬 더 수월하겠네. 후후후!"

"그래도 조심하세요. 아셨죠?"

"하하! 몇 번을 말하는 거지만 난 절대 안 잡힐 자신이 있다니까?

"하지만……!"

"걱정 말라고. 나 이안 레이너야. 후후후!"

이안은 일부러 허세를 부리며 자신의 신변을 걱정하는 샐리를 안심시켰다. 그렇게라도 해야 그녀가 마음 편하게 있을 거라는 생각에, 오랜만에 허세를 부린 것이다.

"위험할 거 같으면 그냥 도망가세요. 아셨죠?"

"후후! 괜찮아. 까짓것 국왕 정도는 얼마든지 구해낼 수 있다니까?"

샐리는 이안이 자신의 마음을 놓게 하기 위해 애쓰는 것이 보여 더는 말을 하지 않았다. 그저 자신의 주군이 안전하게 국왕을 구해서 나오기만을 바라고 또 바랄 뿐이었다.

"그럼 국왕을 구해올 테니 준비하고 있으라고."

"네, 전 왕성을 빠져나갈 준비를 해놓을게요. 다녀오세요."

"그래. 그럼 갔다 올게."

이안은 걱정스러운 눈빛을 애써 지우며 담담히 미소 짓는 샐리에게 손을 흔들어 준 후 왕궁을 향해 이동했다. 그리고 그곳에서 벌어질 치열한 싸움을 준비하며 강렬한 투기를 뿜어냈다.

6장

준비된 행정인가?

차분하게 서류를 넘기는 손길은 무척 부드럽고 여유가 넘
쳤다. 뒤에서 시립해 있는 시종과 기사들은 그런 주인의 모습
을 보며 존경스러운 눈빛으로 일거수일투족을 살폈다.

똑똑!

문을 두드리는 가벼운 노크 소리에 서류를 읽던 노인은 고
개를 들고 하얗게 센 수염을 쓸어내렸다.

"무슨 일인지 알아보게."

"네, 각하!"

시종이 잰 걸음으로 문을 향해 나가고 이내 다른 이를 데리

고 들어왔다.

"각하, 정보국의 후버튼 백작입니다."

"경이 어쩐 일인가?"

다아크 공작은 마치 왕이라도 된 것처럼 아래를 굽어보며 물었고 후버튼 백작은 왕의 봉신인양 극진한 예를 갖추며 답했다.

"방금 긴급 보고가 들어왔습니다, 각하!"

"긴급 보고? 말해보라."

"이안 레이너 백작이 왕성으로 잠입해 들어왔습니다. 샐리라는 수하를 만난 후 곧장 상단 건물을 나갔다고 합니다."

"그래? 크크크! 그 어린 아해가 겁이 없어도 너무 없군 그래. 목표는 국왕이겠지?"

다아크 공작의 물음에 후버튼 백작은 고개를 끄덕이며 이안이 노리는 것이 무엇인지 대답했다.

"맞습니다. 도둑길드에서 구해간 것이 왕궁과 지하 감옥의 지도였으니 국왕을 구하러 온 것이 확실합니다."

"그래… 국왕이라……."

다아크 공작은 수염을 계속 쓸어내리며 뭔가를 고민했다. 이안이 국왕을 구하러 온 것은 분명 적인 자신의 입장에서도 대단하다는 칭찬을 해줄 일이지만 어떻게든 처리해야 할 일이기도 했다. 그러니 이안을 처리하는 와중에 또 어떤 덤을 얻을 수 있을까 고민하는 것이었다.

"준비는 완벽하겠지?"

"물론입니다. 각하께서 투입하신 그녀가 일만 제대로 해주면 잡는 것은 시간문제입니다. 절대 빠져나올 수 없는 함정으로 걸어 들어가는 셈이니까요. 하하하!"

"그래… 거기서 끝장을 봐야겠군. 나가서 만전을 기하도록 하게. 모할레스 후작은 내 따로 명령을 내릴 터이니 말이야."

"예, 각하!"

정보 국장이 잰걸음으로 물러나자 다아크 공작은 시종과 호위 기사들에게 손짓했다. 그러자 모두가 고개를 숙인 후 집무실을 나갔다. 홀로 남게 된 다아크 공작은 허공에 대고 낮은 목소리로 말했다.

"모두 들었는가?"

"클클클! 물론입니다, 주군!"

"그 애송이가 보통은 넘어서 걱정이란 말이지. 그리고 그 쓰레기들도 처리를 해야 하고 말이야."

"걱정하지 마십시오. 왕가의 무덤은 그 누구도 빠져나올 수 없는 절대 금역입니다. 그 안에서 주군의 적들은 모두 싸늘한 시체가 될 것이니까요. 클클클클!"

사악한 웃음소리가 다아크 공작의 집무실을 은은하게 울리다 이내 사라져 갔다. 조용한 정적만이 남은 집무실에서 다아크 공작은 기묘한 눈빛을 발하며 살소를 머금었다.

달빛이 머무는 곳이라는 주점의 앞에 도착한 이안은 기감을 열어 주변을 살폈다. 도둑길드의 아지트라고 하지만 혹시 모를 일에 대비하는 것이 우선이라 면밀하게 살피기 시작했다.

'흐음… 엄청난데?'

도둑길드는 기본적으로 도둑들이 모여 만든 지하 조직 같은 것이라 전투력이 그리 높지 않다는 인식이 있었다. 그런데 지금 살펴보는 주점의 주변에서 느껴지는 기운들은 상당한 힘을 가진 존재들로 바글바글했다.

'좌측 지붕에 4명… 반대쪽 건물에 10여 명… 건물 안에는 20여 명이 넘는 익스퍼트들이라… 용담호혈이 따로 없군.'

왕성에서 활동하는 도둑길드라고 하지만 30명이 넘는 기사급 전력이 버티고 있다는 것은 의아함을 자아냈다. 저 정도의 전력이 마음을 먹는다면 작은 영지 하나는 충분히 장악할 수 있는 막강한 힘이었으니 말이다.

'일단 들어가 보면 알겠지.'

이안은 늦은 시간에도 영업을 하고 있는 주점의 입구로 느릿느릿 걸음을 옮겼다. 당장에 주점 주변에서 잡담을 하는 것처럼 위장한 도둑길드의 전투조들의 시선이 이안에게로 집중

됐다. 지금 시간에 주점에 오는 자들도 드물기도 했거니와 왕성에 거주하는 이들이라면 이곳이 위험한 곳임을 잘 알기에 발길을 옮기는 이가 거의 없었던 탓이었다.

끼이익!

녹슨 경첩이 요란하게 소리를 내고 문을 연 이안은 안으로 들어갔다. 기감을 통해서 살폈던 대로 안에는 20여 명이 넘는 사람들이 술잔을 앞에 놓고 시끌벅적하게 떠들고 있었다. 일견 취객들로 보이지만 이안이 들어섰을 때 쳐다보는 그들의 눈빛은 날카롭기 그지없었다.

'순식간에 눈빛을 갈무리하다니… 수련이 잘 되어 있는 자들이군.'

보통의 사람들이라면 저들이 자신을 살핀 것을 알아채지 못할 것이었다. 그 정도로 훈련이 잘 된 감시자들이었고 전투력 또한 그보다 더하면 더했지 낮지는 않을 터였다.

"처음 보는 분이시로군요. 무엇을 드릴까요?"

"드래곤체이서가 좋다더군. 그걸로 주시오."

"호오… 드래곤체이서를 아십니까? 하하하!"

드래곤체이서는 이 주점에서만 파는 술로 다른 곳에서는 찾아볼 수 없는 술이었다. 그리고 메뉴에도 존재하지 않는 술이기도 했고 말이다.

"선불입니다만."

"여기 있소."

이안은 샐리에게 건네받은 쪽지와 그 안에 같이 들어 있던 은화를 내밀었다. 은화는 락토르 왕국에서 통용되는 주화가 아닌 기이한 문양이 새겨진 것이었다.

"맞군요. 잠시만 기다리십시오."

주점의 주인은 고개를 숙인 후 사라졌고 약간의 시간이 흐른 후 다른 곳에서 술잔이 놓인 쟁반을 든 여인이 등장했다.

"반가워요, 리타라고 해요."

"반갑군."

리타라는 여인은 붉은 머리에 강렬한 자극을 주는 극상의 미모를 지니고 있었다. 잘록한 허리와 가슴이 파인 드레스로 인해 도드라져 보이는 앙가슴이 시선을 사정없이 잡아끌었다. 그러나 그런 외모로도 이안의 관심을 끌기에는 부족했다.

'에일리에 비하면… 많이 부족하지. 후후!'

에일리의 나체쇼를 여러 번 보았던 이안이었기에 리타의 모습에도 초연할 수 있었다. 그게 아니라면 심장이 격하게 요동치고 피가 배는 더 빠르게 흘렀을 것이었다.

"이안 폰 레이너 백작님 맞으시죠?"

"나를 아나?"

"락토르의 백성들이라면 백작님의 이름을 모를 수가 없죠. 호호호!"

색기가 흘러넘치는 리타의 목소리는 끈적끈적함이 묻어 있었다. 그런 목소리로 말을 하며 살짝 이안의 팔을 스치듯이 터치하고 입을 가리며 웃었다.

'사람 여럿 잡을 여자로군.'

젊은 혈기를 지닌 남자라면 저런 모습만으로도 그 혈기를 주체하지 못하고 덤벼들었을 것이었다. 어떻게든 넘어트려서 자신의 끓어오르는 욕정을 채우기 위해서 말이다.

"그럼 내가 왜 이곳에 왔는지도 알겠군. 시간이 없어서 말이야."

"흐응… 뭐 조금 더 알아가는 시간을 원했는데 어쩔 수 없죠. 바로 가실 건가요?"

"그랬으면 싶은데."

"알았어요. 그럼 10분만 기다리세요. 바로 준비할게요."

"응? 길라잡이가 리타양이라는 건가?"

"왜요? 전 길라잡이 하면 안 되는 건가요? 호호호!"

"아니… 그건 아니지만."

"믿어보세요. 이래봬도 도둑길드의 부 길드 마스터예요."

리타가 윙크를 살짝 날리고 안으로 도로 들어갔다. 그녀가 남긴 부 길드 마스터라는 말에 이안은 알 수 없는 위화감을 느꼈다. 그러나 이제 와서 물러설 수도 없는 노릇이었고 갈 때까지 갈 수밖에 없었다.

"다 됐어요. 가요."

리타는 10분도 안 되는 시간에 180도 달라진 모습으로 되돌아왔다. 레더메일을 걸치고 허리에는 단검 두 자루와 짧은 도신을 가진 카타나를 패용한 모습이었다. 그리고 밧줄과 여러 가지 장비들을 주렁주렁 매달고 있는 것이 도둑이라는 말이 맞다는 것을 증명하는 듯했다.

"멋지군."

"호호! 고마워요."

"가지."

이안이 성큼성큼 걸음을 옮길 때 지켜보던 이들은 이내 눈길을 거두며 다시 술을 기울이는 모습으로 되돌아갔다.

구궁! 끼이이익!

왕궁에서 흘러나오는 하수관이 있는 곳에서 리타는 큼직한 돌멩이를 몇 개 눌렀다. 그러자 하수관의 옆으로 작은 입구가 열리고 그 안으로 들어갔다.

"얼른 오세요. 곧 닫히거든요."

"이런 곳이 다 있었군. 도둑길드에서 만든 건가?"

이안의 질문에 리타는 묘한 미소만 지을 뿐 별다른 대답을 하지 않았다. 아마도 대답하는 것이 곤란하다는 듯한 느낌이라 더는 채근하지 않았다.

'이런 곳을 만든 이가 누굴까? 이 정도라면 왕가의 탈출로일까?'

의문은 계속해서 쌓여갔지만 대답하지 않는 리타에게서 답을 얻을 수는 없었다. 그녀를 따라 계속 걸어가는 이안은 구불구불한 동굴이 지하 수로를 따라 만들어졌다는 것만 알 수 있었다.

'혼자 왔다면 길을 잃었을 것이 분명하군. 미로도 이런 미로가 없을 것 같은데 말이야.'

왕궁에는 10여 개의 궁전이 있었고 그에 따른 부속 건물 또한 수십 채가 넘었다. 그 건물들에는 전부 하수관이 연결되어 있었고 지하는 그 하수관에 따라 구멍이 뚫려 있는 형태였다. 이리저리 돌고 돌아서 가는 리타가 아니라면 길을 찾는 것만 해도 하루는 족히 헤맸을 것이었다.

"길을 아주 잘 찾는군. 자주 와본 거 같다는 생각이 들어서 말이지."

"호호! 그럴 리가요. 저도 처음 와보는 거예요. 뭐 지도를 확실하게 암기하고 있으니 그런 거겠죠."

리타는 처음 와보는 거라고 말은 하지만 그녀의 거침없는 발걸음을 보자면 거짓말이라는 생각을 지울 수 없었다. 점점 위화감은 커져만 가고 과연 그녀를 믿고 따라가야 하는지에 대한 고민이 깊어져 갔다.

"여기에요."

"……."

말없이 다가가 리타가 손가락으로 가리키는 곳을 쳐다봤다. 위에서 떨어지는 하수가 멎어 있음에도 음식물이 썩는 냄새가 진하게 풍겼다.

"왕궁 주방인가?"

"맞아요. 이 위가 붉은 장미의 궁전이에요."

붉은 장미의 궁전은 왕궁의 맨 뒤쪽에 자리한 왕비가 거하는 궁전이었다. 그 뒤편이 바로 이안이 가려고 하는 지하 감옥이 있었다.

"지하 감옥은 바로 가는 길이 존재하지 않아요. 붉은 장미의 궁전을 통해 빠져나가서 잠입해야 할 거예요."

"흐음… 고맙군. 여기부터는 내가 알아서 하지."

일단 밖으로 나간다면 위쪽은 지도만 보고 찾아 움직일 수 있었다. 기사 아카데미 마지막 년차에 실습을 할 때 근위기사단에서 2달 정도 있었기에 왕궁의 지리는 어느 정도 알고 있었다.

"저도 같이 가죠. 도움이 될 거예요."

"그건 곤란할 거 같군. 혼자 움직이는 것이 편해서 말이야."

"지하 감옥은 아무리 마스터라고 해도 문을 열기가 쉽지 않을 거예요."

"흠⋯⋯."

잠깐 고민했지만 지하 감옥의 문은 일반적인 문이 아니라는 것쯤은 알고 있었다. 지하 수로로 들어올 때처럼 기관으로 열고 닫는 형식의 문이 존재했다. 그리고 그 문을 열려면 리타 같은 도둑들이 반드시 필요하다는 생각이 뒤늦게 들었다.

"저도 락토르의 백성이에요. 아무리 도둑이지만 그 정도는 하고 싶어요."

리타가 묘한 불길이 이는 눈빛으로 응시하는 것에 약간의 진정성이 느껴졌다. 그런 것을 보면 함정으로 이끄는 것은 아니지 않을까 하는 생각이 살짝 들었다.

"위험은 감수해야 할 거야."

"호호! 전 결코 약하지 않아요."

리타의 말에 이안은 그녀의 몸에서 느껴지는 기운이 상당하다는 것을 떠올렸다. 적어도 익스퍼트 상급을 상회하는 실력자라는 것을 말이다.

"가지."

"네, 제가 선두에 설게요."

리타는 잰걸음으로 하수관을 타고 위로 올라갔다. 높은 석벽을 다람쥐처럼 올라가는 그녀의 모습에 도둑은 도둑이라는 느낌을 지울 수 없었다.

"잠시만요!"

끼릭! 끼리릭!

맨 위로 올라선 리타가 두꺼운 강철판 사이로 얇은 철사를 집어넣고 이리저리 돌렸다. 그렇게 바쁘게 움직이고 난 후에야 철판에 걸려 있던 잠금장치가 딸깍 소리를 내며 열렸다.

"이래서 제가 필요한 거라구요. 호호호!"

그녀의 말처럼 도둑이 필요한 일은 일이었다. 만약 자신이 홀로 이동하는 거였다면 오리로 강철판을 잘라냈었을 것이다. 안 들킨다면 다행이지만 순찰하는 이들이 있다면 대번에 침입자가 있음을 들켰을 것이고 말이다.

'정말 대단한 여자다.'

붉은 장미의 궁전을 빠져나가는 것부터 시작해서 지하 감옥이 있는 곳으로 오는 곳곳에 기사들과 경계 병력이 배치되어 있었다. 그들에게 들키지 않고 온다는 것 자체가 불가능에 가까운 일이었음에도 그녀를 따라오는 것만으로 통과할 수 있었다.

슥슥! 스스슥!

말을 할 수 없어 빠르게 손짓하는 것으로 자신의 뜻을 전달하려 애쓰는 리타의 모습에 이안은 빙그레 미소를 지었다.

─지하 감옥의 경계병은 내가 처리하라는 건가?

"……!?"

깜짝 놀란 눈을 동그랗게 뜨는 리타는 자신의 귀에 들려오는 이안의 음성에 무척이나 신기해했다. 입술을 벙긋거리는 것은 보였지만 직접 말을 하는 것이 아니었기 때문이었다.

─마나를 이용해서 소리를 전달하는 방법이지. 마스터에 가까운 마나 운용을 할 수 있다면 누구나 할 수 있는 장난이야.

이안은 친절하게 마나를 이용해서 소리를 전달하는 방법에 대해서 알려주었다. 리타는 무척이나 신기해하며 작게 입을 모으고 마나를 이용해서 소리를 이동시키려 했다.

─아아! 지금은 참아줘. 자칫 소리가 밖으로 울려 퍼지면 곤란하거든.

이안의 말에 리타는 쑥스러운지 볼을 긁적이며 이내 포기하고 말았다.

─그럼 여기서 잠시 기다리라고.

이안은 리타를 남겨두고 주변으로 기감을 퍼뜨렸다. 사방에서 되돌아오는 기의 파동을 통해 지키고 있는 자들이 어디에 있는지 파악했다.

'우선 옥상부터!'

이안은 지하 감옥의 입구를 지키는 병사들보다 옥상에서 아래를 감시하고 있는 자들을 먼저 제거하기로 했다.

쉬잇! 파악!

감옥의 입구에서 그리 멀지 않은 곳에 있는 나무를 향해 돌멩이 하나를 던졌다. 두꺼운 나뭇가지가 그대로 잘라지며 바닥으로 떨어져 내렸다.

"무슨 소리야!"

"저쪽입니다, 조장님!"

"살펴봐. 어서!"

경비들은 바짝 긴장한 채 나뭇가지가 부러져서 떨어진 곳으로 일부가 이동했다. 나머지의 시선도 그곳으로 집중된 그 틈에 이안은 번개처럼 신형을 날렸다.

스스스슷!

3층 높이의 석벽을 뛰어 오르는 이안은 순식간에 옥상에 올라섰다. 경계하던 병사들마저 그의 움직임을 미처 잡아내지 못했을 만큼 민첩하고 은밀했다.

"누구… 헉!"

폐부를 찌르는 지독한 고통에 병사는 눈을 감지도 못한 채 무너져 내렸다. 2인 1조로 운용되는 감시탑이기에 동료가 낸 소리에 반응하려던 다른 병사 역시 어두운 그림자가 덮치는 것을 얼핏 본 것이 기억의 전부로 남았다.

쿵! 털썩!

순차적으로 쓰러지는 병사들을 한쪽으로 치운 이안은 입구로 모인 4명의 병사들을 향해 몸을 날렸다. 그대로 낙하하며 두 명의 머리를 가격한 그는 떨어지기도 전에 양발을 빠르게 날려 나머지 두 명마저 쓰러트렸다.

"와우! 엄청나네요."

경계병이 모두 사라지자 어느새 나타난 리타는 이안의 능력에 감탄했다는 듯이 놀라워했다.

"시간이 없으니 어서 갑시다."

"호호! 잠시만요."

리타는 두꺼운 철문으로 다가가 귀신같은 솜씨로 자물쇠를 열었다. 납작한 쇠막대기 하나와 철사 한 줄이면 자물쇠는 아무런 소용이 없다는 것을 몸소 보여주는 그녀였다.

"열었어요. 들어가요."

"대단하네. 대단해."

이안의 칭찬에 리타는 뭔가 알 수 없는 기분을 느꼈다. 도둑에 대한 칭찬으로 받아들여야 할지 욕이라고 해야 할지 살짝 고민이 됐던 것이었다.

─쉿! 이제부터는 간수들도 제압해야 한다.

끄덕끄덕!

리타는 계속해서 소리를 마나에 실어서 내보내는 것을 연

습했었다. 그러나 아직까지 이렇다 할 진전은 보이지 않았고 수신호와 고갯짓으로 자신의 뜻을 밝혔다.

─대기!

이안은 간수들이 모여 있는 곳을 기감으로 포착하고 리타를 멈췄다. 문을 열고 안으로 들어와서 나선의 계단을 내려가자 곧장 간수들 10여 명이 모여 있었다.

'몇 명이나 있냐는 뜻인가? 흠!'

이안은 리타가 손짓을 하는 것에 어렵사리 그 뜻을 파악해 냈다.

─10명이다. 그중에 2명은 익스퍼트다.

리타는 이안의 말에 자신을 손가락으로 가리키며 맡겨달라는 듯한 행동을 취했다.

'어떻게 하려는 거지? 10명을 한꺼번에 제압하는 것은 쉬운 일이 아니거늘.'

자신이라고 해도 해낼 수 있을지 의문이 드는 상황이었다. 만약 한 번에 제압하지 못하고 그들이 비상용 레버를 당기기라도 하는 날에는 당장에 지하 감옥은 폐쇄되고 떼거지로 침입자를 잡기 위해 병력이 밀려들 것이었다.

─한번 해봐. 솜씨를 구경하도록 하지.

이안은 그녀가 자신이 있으니 나서는 거라 생각하고 뒷짐을 진 채 뒤로 물러났다. 만약의 상황에 대비하여 미리 준비한 작은 쇠구슬을 손아귀에 쥔 채였다.

툭! 떼구르르!

리타가 작은 주머니 안에서 무언가를 꺼내 아래로 던졌다. 떼굴떼굴 굴러가는 것은 얼핏 보기에 금화라고 인식되는 물건이었다. 그것이 굴러가자 아래쪽에 있던 간수들은 아무 말도 하지 않았다. 아마도 누군가 떨어트린 것을 자신이 몰래 줍기 위해서였다. 사람의 심리를 이용하는 리타의 실력 아닌 실력에 혀를 내두를 지경이었다.

"컥!"

"으헉!"

갑자기 다급한 비명을 지르며 발작하듯이 부르르 떨다 간수들이 무너져 내렸다. 아무런 행동도 하지 못하고 쓰러지는 것을 보면 금화에서 뿜어져 나온 무형의 독이 그들을 중독시킨 것으로 봐야 했다.

"독인가?"

"신경독의 일종이에요. 하지만 죽지는 않아요. 기절했을 뿐이죠."

"그런가? 그럼 다행이고."

애꿎은 목숨을 끊고 싶은 생각은 없었다. 그래서 여기까지 들어오며 제압한 병사들도 반나절 정도면 깨어날 정도로 마나를 컨트롤했었다.

"가요. 시간이 없다면서요."

"그러지."

이안은 지하 1층의 감옥들을 스치듯이 지나쳤다. 왕궁 안의 감옥은 정치범이나 귀족들이 갇히는 곳이기에 지금 시기에는 너무도 많은 이들이 수감되어 있었다. 그러나 1층에 국왕과 정적이라고 할 수 있는 아레스 왕자를 가두지는 않았을 것이었다.

"확인도 안 하고 가요?"

"핵심 죄수는 지하 3층에 가둔다. 탈출할 수 없게 만들어야 하니까."

"그, 그렇군요."

리타는 이안이 어디에 가뒀는지 확신하는 듯하자 군말 없이 뒤를 따랐다. 그리고 계단을 내려갈 때마다 간수들을 똑같은 방법으로 처리하며 3층에 내려섰다.

"와우! 정말 분위기가 확 바뀌었네요."

지하 1, 2층도 음습하고 암울한 분위기인 것은 같았지만 그 정도가 현저하게 낮았다. 지하 3층은 죽음의 기운마저 느껴질 정도로 싸늘한 기운이 엄습해 왔다.

"이제 문을 열고 하나씩 확인해야 한다. 열어!"

"아, 알았어요."

리타는 살짝 겁을 먹은 듯한 표정으로 감옥의 문을 하나씩 열기 시작했다.

끼릭! 철컹!

첫 번째 문이 열리자 이안은 문을 열고 안을 확인했다.

"누… 누구요?"

다 죽어가는 음성으로 누구냐고 묻는 사내는 여기저기 피 딱지가 굳은 추레한 몰골을 하고 있었다. 그래도 갇히기 전에는 제법 지체가 높은 귀족이었는지 복장 자체는 고급품이었던 티가 났다.

"그대는 누구인가?"

이안은 처음 보는 얼굴인 것에 정체를 물었다. 그러자 사내는 이안을 물끄러미 바라보더니 입을 열었다.

"나는 왕실 시종장인 베헤넌 백작일세. 이안 레이너 백작."

자신의 정체를 바로 알아보는 것을 보면 시종장인 베헤넌 백작이 맞을 것이었다. 예전에 국왕의 소환을 받아 왔을 때 스치듯이 본 기억이 뒤늦게 떠올랐다.

"국왕 전하는 어디에 계십니까?"

"으음… 전하를 구하러 온 것인가?"

베헤넌 백작은 이안이 국왕이 어디 있는지 묻자 그 진위부터 확인하려 했다.

"물론입니다. 국왕 전하를 구하지 못하면 이 나라는 끝장일 테니까요."

"그렇다면 알려주겠네. 맨 마지막에 있는 방일세. 그곳에 국왕 전하를 비롯한 2왕자 저하도 함께 수감되어 계시네."

"맨 마지막 방이요? 으음……."

맨 마지막 방이 어떤 곳인지 모르지만 베헤넌 백작의 표정 인 지극히 안 좋았다.

"하지만 그곳은 안 들어가는 것이 좋을 것일세. 한 번 들어 가면 다시는 나올 수 없다고 알려진 곳이니까 말이야."

"그런 곳이 있습니까?"

"나도 듣기만 했다네. 그곳은 지금까지 다시 나온 사람이 없다고 말일지."

이안은 베헤넌 백작의 말에 인상을 찌푸렸다. 국왕을 반드 시 구해야 하는 입장에서 제 아무리 지옥과 같은 곳이라고 해 도 무조건 들어가야 할 판이었으니 말이다.

'어떻게 한다?'

이안이 심각하게 고민하는 모습에 옆에서 묵묵히 서 있던 리타가 슬며시 입을 열었다.

"전 살아만 있다면 반드시 빠져나올 수 있어요."

"응?"

"이것만 있으면 가능해요."

리타가 작은 유리병을 꺼내서 흔들었다. 안에는 초록색의 액체가 찰랑거렸는데 리타는 그 병을 열어 이안에게 냄새를 맡게 했다.

"윽! 엄청나군. 크으……."

냄새가 너무 지독하여 코가 바로 썩어버릴 것만 같은 악취 덩어리였다.

"호호! 덕분에 한 방울만 떨어트려도 100미터 밖에서도 냄새를 확인할 수 있어요. 그리고 어둠 속에서도 스스로 빛을 발하는 물질이거든요."

냄새와 시각적인 효과까지 갖춘 위치를 확인하기 위한 용도로 제작된 액체라는 뜻이었다. 그것을 뿌려놓는다면 다시 되돌아오는 길을 놓칠 이유는 없을 것이었다.

'그렇다면… 한번 해보지 뭐.'

이안은 어차피 이판사판이라는 생각에 짐짓 고개를 끄덕이며 스스로에게 주문을 걸었다. 자신은 반드시 해낼 수 있다는 자신감을 북돋는 주문을 외운 후 베헤넌 백작에게 말했다.

"저는 국왕 전하와 아레스 저하를 구하러 갈 겁니다. 백작님은 어떻게 하시겠습니까?"

"나는… 여기에 있겠네. 이런 몸으로 따라갈 수도 없으니 말이야."

"음… 그럼 나중에 반드시 구해드리겠습니다. 그때까지 보중하십시오."

"부디 성공하길 빌겠네. 어서 가게."

베헤넌 백작을 뒤로 한 채 이안은 마지막 감방을 향해서 달려갔다. 다른 곳들과는 다르게 석벽을 뚫어서 만들어놓은 거대한 철문이 이안과 리타를 막아섰다. 지옥의 입구로 들어가는 듯한 착각을 갖게 만들 만큼 대단한 비주얼에 이안은 다시 한 번 심호흡을 가다듬으며 리타가 철문을 열기를 기다렸다.

"이건 정말 까다로운데요?"

리타는 좀처럼 문을 열지 못했다. 철문의 손잡이가 있는 곳에 두 개의 홈이 있기는 했지만 그것은 열쇠가 아닌 특별한 무언가로 돌려야 하는 것이었다.

'시간이 없는데… 어쩔 수 없나?'

이안은 언제까지 문을 여는 것을 기다릴 수 없었다. 별수 없이 롱소드를 뽑아 들고 리타의 등 뒤로 다가갔다.

"나와."

"어떻게 하려구요?"

"철문을 부숴야지. 시간이 없으니까."

"하지만……."

리타는 이런 철문은 강제로 부쉈다가는 어떤 상황이 벌어질지 모른다는 말을 하려고 했다.

쉬잇! 카앙! 카카캉!

이안의 검이 허공에서 무수한 환영을 만들어내며 철문을

두들겼다. 이글거리는 푸른 오러가 철문과 충돌을 일으키며 강렬한 소음을 만들어냈다.

'이건 어디서 많이 봤던 거 같은데… 이런!'

이안은 아레나의 던전에서 두 명의 마스터들을 가뒀던 그 밀실이 떠올랐다. 드워프들이 제련한 특수 합금으로 만들어진 그 밀실은 마스터의 오러에도 버텨냈었다. 그리고 지금 자신이 보고 있는 이 철문도 실제로는 드워프들이 만들어낸 특수 합금이라는 것을 떠올린 것이다.

'마법적인 힘도 깃들어져 있어서 오러로도 베어낼 수 없다. 그렇다면……!'

이안은 왜 이 마지막 감방의 문에서 4백여 년 전에 멸망한 리하르트 왕국의 느낌을 받는지 의아했다. 그리고 그 문의 홈이 자신의 손가락에 끼워져 있는 반지와 연관이 있을 것만 같다는 생각이 들었다.

'락토르는 리하르트 왕국을 계승했지. 아니, 정확하게 말하자면 락토르의 초대 국왕은 리하르트 왕국의 반역자였다고 해야겠지.'

그렇게 생각해 보니 이 감옥도 리하르트 왕국과 연관된 것은 아닐까 하는 추측이 들었다.

"잠깐!"

이안은 검을 멈추고 문으로 다가가 문에 양각되어 있는 문양들 사이로 뚫려 있는 홈에 반지를 가져다 댔다.

지잉! 지이잉! 쿠쿵!

반지를 넣자 마나의 반응이 일어나고 이내 굳게 닫혀 있던 철문이 양쪽으로 벌어졌다.

"와! 어떻게 한 거예요? 정말 대단하세요."

리터는 박수를 쳐가며 이안이 철문을 연 것에 놀라워했다. 그러나 그녀보다 더 놀라워한 것은 이안이었는데 반지를 끼워 넣었을 때 들려온 낯선 음성 때문이었다.

7장

이것도, 행운이라면······

　믿을 수 없는 상황에 이안은 잠깐 동안 멍하니 철문 너머를 보고만 있었다. 자신의 반지가 왜 철문을 열 수 있는 열쇠가 되었을까 하는 것도 의문이었다. 그리고 그 음성은 분명 리하르트 왕국의 최상위 권한을 가진 이가 자신이라는 말을 했었다.

　―코드명 레알리스입니다. 마스터!

　"아! 미안! 잠깐 딴 생각을 좀 하느라."

　이안은 레알리스라고 밝힌 에고에게 멍하니 있었던 것을 사과했다. 그러나 그 말을 받은 것은 레알리스가 아닌 리타였다.

"무슨 생각을 하셨기에 그래요?"

"응? 그, 그냥 이런저런 생각이지. 들어가자."

이안은 리타에게 사실을 밝힐 수 없었기에 지금은 그냥 안으로 들어가는 것이 낫겠다고 판단했다. 리타는 동료라고 하기에는 아무것도 모르는 사람이었다. 등을 맡길 수 있는 자라야 동료라고 할 것이니 리타에게는 무조건 비밀로 해야 했다.

─레알리스… 내 말이 들리나?

어디에다 이야기를 해야 할지 몰라 마나를 통해 목소리를 사방으로 퍼뜨렸다. 단지 리타에게는 들리지 않도록 만드느라 몇배는 더 많은 마나를 소모해야 했다.

─물론이에요, 마스터!

─내가 어떻게 마스터가 되는 거지?

이안의 의문은 바로 그것에 있었다. 자신의 반지는 가문을 처음으로 연 렉시온의 인장이었다. 리하르트 왕국의 공작이었던 그라지만 이곳은 왕가의 영역이지 않던가.

─간단합니다. 지금까지 마스터였던 이는 리하르트 왕국의 백작의 작위를 가진 가문의 가주들이었습니다. 그러니 그보다 상위의 작위를 가진 존재가 등장했으니 마스터의 권한은 새롭게 설정되었습니다.

─아… 그런 건가?

이안은 자신이 마스터의 권한을 가져왔다는 말에 그럴 수도 있겠다는 생각이 들었다. 렉시온은 공작이었고 그의 인장을 리하르트 왕국의 체계를 그대로 가지고 있는 에고 시스템인 레알리스가 기억하고 있다면 말이었다.

─리하르트 왕가의 인장을 가진 존재가 나타나면 마스터의 권한은 다시 새롭게 설정될 것입니다.

─이해했다. 그런데 이곳은 무엇을 하는 곳이지?

이안은 락토르의 왕실이 어떤 용도로 이곳을 사용했는지 그것이 궁금했다. 듣기로는 폐쇄되기 전에는 왕실의 묘역으로 사용했다는 것 정도가 그가 알고 있는 전부였다. 100년 내에 처음으로 사용된 것이고 국왕과 아레스 왕자를 왜 이곳에 가뒀는지도 의문이었다.

─리하르트 왕국이 멸망했을 때를 대비하여 마지막 힘을 비축해둔 곳입니다.

레알리스의 말에 이안은 락토르가 어떻게 100년이 넘도록 이어진 내전을 종식시키고 왕국을 창설할 수 있었는지 깨달을 수 있었다. 400년 전에 멸망한 리하르트 왕가가 사라지고 난 후 100년 동안 귀족들 간의 내전이 이어졌었다. 그런데 백작가에 불과했던 락토르 가문이 다른 대귀족들을 이겨내고 왕국을 창설했었다. 그 원동력이 바로 멸망한 리하르트 왕가가 남겨 놓은 이곳을 발굴하면서부터라는 것을 말이다.

―그렇다면 락토르 가문이 모든 것을 차지했겠군.

―그건 아닙니다.

"응?"

이안은 깜짝 놀라 자신도 모르게 마나로 소리를 전달하는 것이 아닌 육성으로 말하고 말았다.

"네? 무슨……?"

리타는 의문이 가득한 눈빛으로 이안을 쳐다보았다. 그 끝이 보이지 않는 통로를 걸어가다 갑자기 이안이 소리를 냈기 때문이었다.

"아니. 무슨 소리가 들린 거 같아서 말이야."

엉겁결에 둘러댔지만 리타는 여전히 의문이 가시지 않는 눈빛이었다.

"저기 통로의 끝이 보이네요."

멀리서 보이는 환한 빛을 가리키며 리타가 말하자 이안은 조심해야겠다는 생각을 하며 고개만 끄덕이고 말았다.

―락토르 가문은 백작가. 그들의 권한은 제 3구역까지입니다. 1, 2구역과 제왕의 구역은 권한이 없어서 들어가지 못했습니다.

―그래? 그럼 나는 몇 구역까지 들어갈 수 있지?

―마스터는 1구역까지 들어갈 수 있습니다. 제왕의 구역은 리하르트 왕가의 혈통만이 들어갈 수 있습니다.

─아… 그렇군.

제왕의 구역으로 들어갈 수 없다는 말에 뭔가 진한 아쉬움이 밀려왔다. 리하르트 왕실이 왕국의 멸망에 대비하여 후대를 위해 준비한 힘이라면 지금 자신에게 크나큰 도움이 될 것 같은 느낌이 강하게 들었다.

─마스터!

─말해.

─이전의 락토르 가문에 설정되었던 권한은 어떻게 할까요? 지금은 부마스터의 권한으로 내려와 있습니다만.

락토르 가문의 권한이 부마스터의 권한으로 내려와 있다지만 레알리스 던전의 3구역까지는 모두 사용할 수 있었다. 어차피 그 위의 구역은 사용할 수 없지만 그래도 뭔가 찜찜한 느낌을 지울 수 없었다.

─권한을 회수하도록. 락토르 가문은 리하르트 왕가의 배신자에 불과하다.

─그렇군요. 락토르 가문의 권한을 회수하겠습니다.

잠시 귀에 웅웅거리는 소리가 들려오고 뒤를 이어 레알리스의 보고가 이어졌다.

─회수 완료했습니다. 이전에 락토르 가문의 인장으로 내부로 들어온 자들이 있습니다. 그들은 어떻게 할까요?

락토르 왕실의 인사들이 이 안에 갇혔다는 것은 이안도 들은 바가 있었다. 그런데 생각을 해보면 아직 왕이 되지 않은 란세르 왕자는 이 레알리스 던전에 대해서 아는 것이 없다고 봐야 했다. 그가 이곳에 가두는 것은 뭔가 어불성설이라는 느낌이 강했다.

'설마 그들 스스로 이곳에 걸어 들어온 것인가? 마스터의 권한으로 자신들을 지키기 위해서? 아……!'

레알리스 던전에도 가디언은 있을 것이었다. 그리고 그 가디언이 무엇인지는 모르지만 대마법사 레이첼과 연관된 존재일 확률이 컸다. 그러니 그 존재들로 자신들을 지키기 위해서 이곳으로 자발적으로 걸어 들어왔을 것이었다. 자신이 국왕과 그 일가의 상황이라면 그런 선택을 했을 테니 말이다.

─그리고 1시간 전에 일단의 무리들이 들어와 있습니다. 마스터급의 검사와 그에 준하는 흑마력을 가진 마법사가 이끄는 무리들입니다. 총원은 103명입니다.

1시간 전에 들어왔다는 일단의 무리들이라면 자신이 왕궁으로 침입해서 붉은 장미의 궁전으로 들어섰던 순간이었다. 그런데 그 시간에 이곳에 소드마스터와 그에 준하는 능력을 지닌 흑마법사가 들어왔다? 그것은 곧 이곳이 자신을 위해서 준비된 함정이라는 뜻이었다.

─나를 잡으려고 온 자들이로군.

─마스터! 어떻게 할까요?

―그들을 제압할 수 있을까?

―락토르 가문의 방문자들을 지키고 있는 가디언들을 동원하면 가능합니다.

역시 레알리스의 던전에도 가디언들이 존재했다. 그렇다면 그 가디언들을 이용해서 자신을 위해 함정을 파고 있는 놈들에게 강력한 한방을 먹일 수 있을 것이었다.

―가디언들은 누구지?

―누구라시면……?

―아! 인간인가? 아니면 수인족?

―종류를 말씀하시는 거군요. 에고 기간트들입니다.

―에고 기간트? 헐!

에고를 가진 기간트들이라는 말에 이안은 깜짝 놀랐다. 그 당시의 기간트라면 초창기 버전일 것이고 쥘베른이 유일한 기간트였다. 그런데 그 쥘베른에 에고를 장착했다는 말에 황당해서 말이 나오질 않았다.

'미친… 쥘베른에 에고라니… 미쳤군. 미쳤어.'

돈이 썩어나도 그런 짓은 하지 않는다. 아니, 했다가는 지금 세상에서는 진짜 미친놈이라고 지나가는 세 살배기 아이도 손가락질을 할 것이었다.

―그리고 에고 기간트들이 지휘하는 부대는 스톤골렘입니다.

―아! 그런 것인가?

스톤골렘이 주축이고 그들을 지휘하는 존재로 에고 기간
튼, 즉 쥘베른을 이용한다는 소리였다. 그렇다면 어느 정도는
이해가 가는 문제였다.

―5구역으로 들어서면 그곳에 이전 방문자들이 대기하고
있습니다. 어떻게 하시겠습니까?

이안은 빛이 시작되는 통로의 끝이 5구역이고 그곳에 자신
을 잡으려고 하는 자들이 대기하고 있다는 것에 비릿한 조소
를 머금었다.

―가디언들을 5구역으로 집결시키도록!

―지금 바로 보내도록 하겠습니다, 마스터!

―시간은 얼마나 걸리지?

―5분 41초 후에 도착할 예정입니다.

레알리스가 가디언들을 보냈으니 그 시간 동안만 저들의
장단을 맞춰주면 되는 일이 되어버렸다. 자신을 잡기 위해 판
함정일 테지만 이제는 저들이 함정에 스스로 걸어 들어온 셈
이었다.

"후후후! 아주 재미있겠군."

"네? 재미있는 일이라뇨?"

리타는 갑자기 이안이 하는 말에 살짝 놀란 눈을 한 채 물
었다. 그녀를 지그시 쳐다보며 이안은 별거 아니라는 투로 답

했다.

"저 안에 나를 기다리는 자들이 있어서 말이야. 아주 강한 놈도 두 놈이나 있고… 그래서 재미있겠다고 한 거야."

"그, 그래요? 그럼 피해야 하지 않아요?"

리타는 말을 더듬으며 긴장된 표정을 겉으로 드러냈다. 왜 긴장하는 것인지는 몰라도 적이 있다는 것에 긴장하는 것 같지는 않았다. 마치 저들이 저곳에 있는 것을 사전에 알고 있었다는 듯한 느낌을 받았다.

'그러고보니… 이 아가씨도 상당히 수상하네. 끝까지 따라온 것도 그렇고. 후후!'

이안은 리타의 긴장하는 모습에서 그간의 행적을 되돌아보았다. 그리고 그녀가 왜 그런 모습을 보이고 있는지에 대해서 어느 정도 감을 잡을 수 있었다.

"리타!"

"네… 네?"

"그 신경독 있잖아?"

"신경독은 왜요?"

"그것 좀 나에게 주겠어?"

리타는 신경독을 달라고 하는 이안을 보며 잠시 망설였다. 그러나 안 줄 수도 없는 처지라는 것을 생각하고 작은 가죽 주머니를 꺼내 이안에게 건넸다.

"조심하세요. 금화로 위장해 놓았지만 조금만 건드려도 신경독이 퍼져 나오거든요."

"유의하지."

이안은 그 가죽 주머니를 벨트에 걸면서 5구역으로 접어들었다. 아직 적들의 모습은 보이지 않았지만 5구역의 어마어마한 규모에 깜짝 놀랐다. 아레나의 던전과는 그 규모 자체가 틀렸고 족히 4배는 더 크지 않을까 싶었다.

'아레나의 던전도 수천 명은 들어가서 살 수 있을 정도의 크기거늘… 허… 대단하네.'

이 정도의 인공 던전을 만들려면 얼마나 많은 인력과 자원이 소모되었을지 짐작이 가지 않았다. 성을 쌓는 것이 오히려 더 쉬운 작업일 것이기 때문이었다.

'슬슬 나올 때가 된 거 같은데 말이지.'

5구역으로 들어오는 입구에서 100여 미터 더 안쪽으로 들어온 상태였다. 허허벌판처럼 아무것도 없는 공간은 천장의 무게를 유지하기 위한 기둥들만이 곳곳에 존재했다. 그곳의 뒤쪽에 숨어 있는 적들의 기운을 느끼는 이안은 언제 저들이 나설지 궁금했다.

'조금 더 들어가면 나서려나? 후후!'

긴장이 되는 것은 아니지만 소드마스터와 흑마법사의 조합을 상대할 생각을 하니 약간의 흥분과 승부욕이 발동했다.

그리고 흑마법사는 무조건 잡아야 한다는 생각을 하니 손아귀가 촉촉하게 젖어들 정도로 땀이 흘렀다.

스스스스슷!

기둥 뒤에서 유령처럼 쏟아져 나오는 적들이 이안의 앞을 가로막았다. 그리고 뒤쪽에서도 빠져나오는 그들은 앞뒤로 포위하며 병장기를 겨눴다.

"이안 레이너 백작!"

40대 중반의 장한은 금빛 하프플레이트 메일과 검은색 망토로 치장한 모습이었다. 근위기사단의 단원들만이 입을 수 있는 그 망토는 4클래스의 마법까지 막아낼 수 있는 아주 귀한 것이었다.

"모할레스 후작께서 나를 기다렸던 모양이군요."

"다아크 공작 각하의 명령으로 그대를 잡으러 왔네."

"다아크 공작? 그가 왕궁에 있다는 말입니까? 헛! 대단한 사람이네요."

이안은 다아크 공작이 그의 사병 집단을 이끌고 왕성을 향해 진군하고 있는 것으로 알고 있었다. 외부에도 그렇게 알려져 있었기에 그가 이곳에 있다는 것이 조금은 놀라웠다.

'그렇다는 것은 란세르 왕자도 다아크 공작의 손아귀에 놓여 있다는 뜻이로군. 애초에 란세르는 다아크 공작의 꼭두각시에 불과한 거였어.'

이안은 란세르 왕자가 그렇게 대단한 결단력을 가진 인물이라는 생각은 하지 않았다. 그런데 지금의 정국을 주도하는 모습을 보고 의아하던 참이었다. 그런데 다아크 공작이 이렇게 배후 조종을 하고 있었을 줄은 미처 짐작하지 못했었다.

"그만 항복하는 것이 어떤가? 자네 혼자로는 나도 감당하기 어려울 것이니."

모할레스 후작의 말에 이안은 그의 경지가 휘버 후작과 엇비슷한 경지라 추측했다. 은연중에 뿜어져 나오는 기세가 휘버 후작과 비교해도 결코 뒤지지 않았다.

"글쎄요. 선배님이 제 입장 같으면 항복하시겠습니까?"

이안이 묻는 말에 모할레스 후작은 잠시 입을 닫고 있더니 흐릿한 미소와 함께 대답했다.

"역시 아닐 걸세."

"마찬가지입니다."

"어쩔 수 없으려나? 허허허!"

모할레스 후작은 어쩌다 저 어린 후배와 칼을 맞대야 하는 것인지 모르겠다는 생각이 들었다. 물론 자신이 선택한 길이고 그 길을 막아서는 어린 애송이는 치워야 하는 것이 맞다. 그래도 이건 나라를 위해 검을 뽑아 든 어린 군인에게 너무 가혹하다는 생각이 든 것이다.

"레가노프 경도 준비하시오. 어린 친구지만 검은 제법 매서우니까."

모할레스 후작도 이안이 이곳에 오기 전에 어떤 일을 해냈
는지 들어서 알고 있었다. 자신과 비견되는 고수인 휘버 후작
을 격살하며 영지전을 승리로 이끌었던 전적을 말이었다.

"두 명의 소드마스터를 이긴 친구지. 그러니 경시하지 말
아야 할 거요."

모할레스 후작은 조금은 자랑스러운 기색을 목소리에 실
으며 말했다. 락토르에서 나온 젊은 영웅, 비록 반대의 길에
서 충돌하는 입장이라고 해도 자랑할 만한 인재임에는 분명
했다.

"클클클! 걱정하지 마시구려."

검은 로브를 걸친 흑마법사는 어둠의 포스를 줄줄 흘리며
앞으로 나섰다. 수정으로 만든 해골이 박혀 있는 지팡이를 들
어 올리며 사이한 주문을 외웠다.

"…나오라 나의 사역자여! 나의 적을 말살하라!"

웅! 웅! 웅! 스스스스슷!

역오망성이 만들어지고 그 안으로 짙은 핏빛의 선이 그려
지며 완성되는 마법진에서 빛이 터져 나왔다. 그리고 그곳에
서 솟아오르는 두 구의 데스나이트의 등장은 모두를 깜짝 놀
라게 만들었다.

"헛!"

"데, 데스나이트!"

흑마법사로 마도사급에 올라야 사용할 수 있다는 데스나이트의 등장에 같은 편들마저도 헛바람 빠지는 소리를 냈다. 그만큼 강력한 충격에 눈빛이 사정없이 흔들리며 다아크 공작의 정체에 대해 심각한 고민을 하기 시작했다.

"갈! 싸움에 집중하라!"

모할레스 후작은 근위기사단원들의 동요를 더 이상은 두고 볼 수 없어서 일갈을 터뜨렸다. 그러자 동요가 잦아들고 근위기사들은 입술을 깨문 채 이안에게로 검을 겨눴다.

"호호! 저는 그냥 빠, 빠지면 안 될까요? 호호……."

리타는 100여 명의 근위기사단과 소드 마스터, 그리고 흑마법사와 2기의 데스나이트를 보더니 완전히 똥 밟았다는 표정이 역력했다. 두 손을 들어 올리고 빠지면 안 되겠냐는 그녀가 비칠비칠 이안의 근처로 다가서는데 모할레스 후작은 고개를 가로저었다.

'살기!'

이안은 다른 곳이 아닌 당황한 척 연기하고 있는 리타의 손이 번개처럼 뻗어오는 것에 그럴 줄 알았다는 반응을 보였다. 순간적인 움직임으로 리타의 공격을 피하는 이안은 급하게 다리에 마나를 실으며 지면을 강하게 박찼다.

퍼엉! 휘스스스슷!

지면에 부딪친 무언가가 펑 소리를 내며 터지고 짙은 독무가 사방으로 퍼져 나갔다.

"흡!"

급히 마나로 주변을 감싸고 독무가 자신에게 다가오지 못하도록 막았다.

"이런⋯ 실패했네? 호호!"

리타의 표정은 무척이나 씁쓸해 보였는데 그녀의 눈빛이 슬퍼 보인다는 것은 자신의 착각일거라 생각했다. 그러나 이어지는 그녀의 행동에서 이안은 그녀가 자의로 이런 일을 하지는 않았을 거라고 판단했다.

"에이! 이젠 난 몰라요. 하라는 거 다 했으니까."

리타가 독무가 퍼지는 곳에서 물러나서 그대로 바닥에 주저앉아 버렸다. 팔짱까지 낀 상태로 입술을 씰룩이고 있는 것을 보면 강요에 의해서 어쩔 수 없이 한 행동인 듯싶었다.

"훗! 넌 나중에 따로 보자고. 타앗!"

이안은 독무가 점점 옅어지는 것을 보며 그래도 모할레스 후작이 있는 곳으로 신형을 날렸다. 이미 2기의 데스나이트가 치고 들어오고 있었기에 머뭇거릴 여유가 없었던 것이다.

"모두 이안 백작을 포위하라!"

"추웅!"

근위 기사들은 이안을 빠르게 제압하고 이 일을 끝내버리자는 생각에 이를 악물고 달려들었다.

"너희들은 잠이나 자!"

피피피피피피핑!

이안은 달려오는 근위기사들을 향해 작은 주머니에서 꺼낸 황금 동전들을 튕겨냈다. 순식간에 날아가는 동전들은 근위기사들의 앞에서 바닥에 충돌했다. 그리고 이어지는 독무의 습격은 근위기사들을 빠르게 덮쳤다.

"헉!"

"도, 독이다!"

마법은 망토의 대마법 방어진으로 막는다지만 독은 또 다른 문제였다. 독무가 스친 기사들은 목을 부여잡고 컥컥 거리며 쓰러져 갔다.

"비겁한 새끼!"

"독을 쓰다니! 어찌!"

근위기사들은 독을 사용하는 이안에게 노성을 내질렀지만 이안은 비릿한 조소를 머금을 뿐 별다른 말을 하지 않았다.

─주인의 적이여! 목숨을 내놓아라!

─데스스윙!

데스나이트들은 사기가 일렁이는 검을 휘두르며 이안을 공격했다. 마스터급의 데스나이트들인 탓에 그 움직임은 무척 강력하고 간결했다. 간결한 그 검식이 이안을 덮치자 더욱 속도를 높이며 피하는 것만이 그가 할 수 있는 최선이었다.

'미친… 수비는 아예 생각도 안 하는 건가? 허미!'

데스나이트는 이미 죽은 자들, 그러니 죽음에 대한 공포 따위는 존재하지 않았다. 다시 부서진다고 해도 주인이 살아 있으면 그 마력으로 다시 부활하는 존재인 탓에 검술은 공격일변도였다. 그것이 이안을 반격하지 못하게 만드는 요인이었다.

'죽었어도 마스터라 이건가? 공간을 장악하는 능력이 뛰어나니 반격하기도 벅차네.'

오랜 세월동안 합격술을 연마했는지 아귀가 착착 맞아들어가는 공격으로 이안을 몰아쳤다. 좌와 우 위와 아래를 교묘하게 시간차를 두고 공격하는 것에 이안은 이가 갈릴 지경이었다. 다른 마스터들은 자존심 때문에라도 둘이서 합격하는 일은 없었지만 이들은 오로지 주인의 명에만 복종하는 것들이라 자존심 따위는 1g도 없었다.

─얼마나 남았지?

이안은 계속해서 물러나며 데스나이트들의 공격을 피해 도망을 쳐야 했다. 최소한의 싸움을 위한 아군이 필요했고 그 아군이 도착하기만 바라며 버텨내는 것이었다.

─49초! 48초 남았어요. 마스터!

─알았다.

이안은 40여초 남짓한 시간을 버티기 위해서 필사적으로 스텝을 밟았다. 뒤에서 구경만 하는 모할레스 후작과 의문의 흑마법사가 끼어들지 않기를 바라는 마음이 굴뚝같았다.

쉬잇! 쎄엑! 슈악!

연속으로 치고 베는 공격이 정신없이 쏟아져 들어오는 것에 이안은 최대한 검을 맞대지 않으며 피했다. 맞부딪친다면 이겨낸다고 해도 가랑비에 옷 젖듯이 내상이 쌓일 것이다. 그리고 가장 중요한 두 사람을 상대할 때는 최악의 상태로 싸워야 할 것이기 때문이었다.

─마스터 도착했습니다.

레알리스의 말이 끝나기 무섭게 4구역으로 들어가는 거대한 철문이 구궁 소리를 내며 열렸다.

"헛! 저건 또 뭐야?"

모할레스 후작은 아무런 언질이 없었던 돌발 상황에 깜짝 놀랐다. 4구역에서 쏟아져 나오는 거대한 강철 기간트와 그 뒤에 무수히 달려 나오는 스톤골렘들의 위용은 헉 소리가 나게 만들었다.

"던전의 가디언이오. 제길!"

흑마법사는 가디언들의 등장에 이를 갈아붙였다. 아무리 자신들이 강력한 힘을 가지고 있다지만 기간트를 상대로 피해를 입지 않고 승리하기란 요원한 일이었다.

"좋았어. 반격 시작이다! 타앗!"

이안은 기간트들이 무섭게 돌진하며 모할레스 후작과 흑마법사를 향해 공격을 감행하자 마음을 놓고 싸울 수 있게 되었다. 지금까지는 두 사람의 눈치를 살피며 최대한 피하기만 했지만 이제는 상황이 달라진 것이다.

"브레이브 소드 7식! 라이징소드!"

이안의 검에서 솟아오른 오러가 달라진 심리 상태를 반영이라도 하듯이 빼는 더 길게 뻗어 나왔다. 그리고 그 오러가 호쾌하게 움직이며 무수한 환영을 만들어냈다.

─크악! 이노오옴!

데스나이트는 갑작스러운 반격에 갑옷이 반으로 쪼개지는 타격을 입었다. 그러나 그 사이에서 흘러나오는 어둠의 기운은 순식간에 그 흔적마저 지워 버렸다.

"엄청나네. 데스나이트라……"

이안은 데스나이트의 말도 안 되는 복원력에 어이가 없었다. 물론 그 복원력은 주인인 흑마법사의 마력에서 기인한 것이기에 타격을 입히면 입힐수록 마력은 바닥으로 떨어져 내릴 것이었다.

─마스터의 적을 말살하라!

─2조는 좌측의 적들을 맡는다!

기간트의 에고들은 상황을 파악하고 골렘들을 조직적으로

움직였다. 기간트들의 명령이 떨어지자 수십 톤의 바위로 이루어진 스톤골렘들은 근위기사들을 향해 파도처럼 밀려들었다.

"어딜 가려느냐! 흐랏!"

모할레스 후작은 골렘들이 절반 이상 쓰러져 있는 근위기사들에게 돌진해 들어가자 그 앞을 막으며 거친 포효를 터뜨렸다. 무쌍이라는 말이 무색하리만치 패도적인 검식을 펼쳐내며 스톤골렘들을 갈라갔다.

"이런… 이래서 마법이 싫다니까."

모할레스 후작은 자신의 검에 쪼개진 스톤골렘이 부서지기 무섭게 다시 원상태로 돌아가는 것에 이를 갈았다. 이안이 데스나이트와 싸우며 분통을 터뜨리는 것과 똑같은 상황에 처하자 한편으로는 승부욕이 거세게 터져 나왔다.

"어디 해보자꾸나. 으하하하!"

부수고 부수다 보면 언젠가는 진짜로 부술 수 있다는 일념으로 더욱 힘을 내서 스톤골렘들을 파괴해 나갔다.

─나는 1호! 마스터의 적을 공격한다!

─2호도 참전한다. 공격!

에고 기간트들이 모할레스 후작을 목표로 삼아 힘찬 공격을 퍼부었다. 쥘베른 특유의 기민한 공격이 모할레스 후작을 노리고 날아들자 그는 스톤골렘들을 공격하던 검로를 바꿔 기간트의 거검을 막아갔다.

카앙! 카드드드등!

기간트의 압도적인 힘이 실린 거검을 막아낸 모할레스 후작은 뒤로 주루룩 밀려났다. 오러와 충돌을 했음에도 너무도 멀쩡한 기간트의 거검 덕분에 손목이 떨어져 나가는 고통이 느껴졌다.

"빌어먹을… 기간트가 에고를?"

모할레스 후작은 쥘베른이 에고를 지니고 있다는 것에 놀라 자빠질 지경이었다. 아무리 던전의 가디언이라지만 이런 것은 머리털 나고 처음으로 보는 것이었다.

부아아앙! 슈우웅!

에고 기간트는 모두 10기로 그중 5기는 골렘들을 지휘하고 나머지 5기가 모할레스 후작을 공격했다. 9미터에 이르는 거체가 민첩하게 움직이며 공격을 가하자 인간을 벗어난 초인의 움직임으로도 벅찼다. 특히 에고가 직접 조종을 하는 탓에 동화율이 100%인 쥘베른은 그 어떤 라이더들이 조종하는 것보다 인간에 가까운 움직임을 선보였다.

"크윽! 젠장! 이크!"

계속해서 탄성을 터뜨리며 모할레스 후작은 계속해서 뒤로 밀려났다. 거대한 공동의 크기가 아니었다면 언제 코너에 몰렸을지 모를 싸움이 계속해서 이어졌다.

"도와줘야겠소."

"클클! 준비 중이었소. 이제 시작하겠소."

혹마법사는 기간트들이 등장하는 그 순간부터 강력한 한 방을 준비했었다. 어지간한 마법으로는 기간트를 파괴하는 것이 힘들었고 적어도 7클래스의 혹마법 정도는 날려줘야 파괴가 가능할 거라 생각한 것이었다.

"…지옥에서 타오르는 불길이여! 마법의 힘으로 길을 여노니 이곳으로 흐를지어다. 다크플레임리버!"

후웅! 웅! 웅! 웅! 웅!

혹마법사가 장장 몇 분에 걸쳐서 캐스팅한 주문이 완성되자 지면에서 솟아오르는 마법진에서 지옥을 방불케 만드는 열기가 흘러나왔다. 그리고 그 열기는 검붉은 마그마로 실체화되며 기간트들을 향해서 쏟아졌다.

"피하라! 죽기 싫으면 피해!"

모할레스 후작은 자신의 단원들이 쓰러져 있음에도 광범위 마법을 시전한 혹마법사의 만행에 분노했다. 버럭 소리를 지르며 막으려고 했지만 이미 마법은 완성 되었고 거대한 용암이 흐르며 닥치는 대로 휩쓰는 것을 두 눈 뜨고 보아야만 했다.

"크카카카! 모두 불타올라라! 크하하하하하하!"

혹마법사는 마그마에 휩쓸려가는 기간트와 골렘들을 보며

앙천광소를 터뜨렸다. 아군이 죽든 말든 그것은 자신과 상관 없다는 듯한 그 모습에 모할레스 후작과 살아남은 근위기사들은 이를 바득바득 갈아야 했다.

휘스스스스슛!

30초 정도 지속되던 마법이 사라지자 용암으로 인해 앞을 분간하기 어려울 정도로 쌓였던 수증기도 서서히 걷혔다. 살아남은 자들은 기간트를 휩쓴 용암이 사라지자 상황이 어떻게 됐는지 파악하기 위해 눈을 번뜩였다.

"헐! 대박…"

"이, 이럴 수가……."

모할레스 후작을 비롯한 근위기사들은 기간트가 용암에 의해서 파괴되었을 거라 믿었었다. 그러나 안개처럼 시야를 가렸던 수증기가 사라질 무렵 보이기 시작한 흑색의 거체가 멀쩡한 모습으로 자신들에게 걸어오는 것을 보아야 했다.

―마스터의 적을 말살하라!

―6호도 참전한다. 공격 개시!

기간트들은 둘로 나뉘어 모할레스 후작과 흑마법사를 노리고 공격을 재개했다. 7클래스의 흑마법으로도 그 어떤 손상도 입히지 못한 에고 기간트의 위용에 흑마법사는 패닉 상태에 빠져들어야 했다.

8장

독립여단으로 가서도

　흑마법사 가논은 7클래스에 오른 마도사급 흑마법사로 크리스토퍼 대공을 돕는 이였다. 그가 약속한 흑마법사들이 인정받는 나라를 만들기 위해 필사적으로 싸웠던 이였다. 자신의 능력에 자신도 있었고 그 누구와 싸운다고 해도 지지 않을 능력 또한 충분했다.

　'어떻게… 나의 마법이… 안 통한다?

　처음으로 자신의 능력이 통하지 않는 것에 패닉 상태에 빠져들었다. 그 어떤 적도 뭉개버렸던 그에게 있어서 처음으로 겪는 실패였다. 그것이 그를 순간적인 패닉으로 몰아간 것이었다.

"으득! 부숴주마! 가랏! 다크캐논!"

후웅! 슈슈슈슈슈슈슈슝!

흔들리던 눈동자에 광기가 어리고 가논의 수정 지팡이에서 흑마력이 줄기줄기 흘러나왔다. 그리고 시작된 마력 대포가 달려오는 기간트를 향해 미친 듯이 쏘아져 나갔다.

—방어 모드!

기간트의 에고는 가논이 쏘아내는 마력 대포에 심상치 않은 기운을 느꼈는지 거체의 절반이 넘는 크기의 강철 방패를 들어 방어에 나섰다. 거친 폭음이 방패에서 울리고 마력의 파편이 소용돌이가 되어 사방으로 흩어져 나갔다.

"으아아아! 죽어라! 죽어!"

가논은 자신의 마력 대포에도 끄덕도 하지 않는 쥘베른들을 보며 광기가 치밀어 올랐다. 방패에 새겨진 대마법진은 레이첼이 새긴 것으로 딱 가논의 수준만큼은 확실하게 방어할 수 있는 것이었다. 그것을 모르는 가논은 마력의 충돌이 일으키는 파편들이 점점 자신이 있는 곳으로 다가온다는 것도 잊은 채 발악하듯 마법을 난사했다.

"이런! 피하시오!"

모할레스 후작은 기간트들과 공방을 주고받으며 욕설을 터뜨렸지만 그런대로 선방을 하고 있었다. 그러던 차에 자신의 보조 역할을 맡은 흑마법사가 이상한 조짐을 보이자 마음이 다급해졌다. 그렇게 버텨주기를 바랐던 그가 기간트들의 전진을 눈치채지 못했는지 한자리에 버티고 서서 마법을 난사하는 것이 눈에 들어왔다.

"으득… 이대로는 승산이 없어."

모할레스 후작은 기간트들을 상대하는 것은 불가능한 일이라고 판단했다. 마법은 아예 통하지 않았고 물리적인 힘으로 파괴하는 것이 답인데 그것마저 여의치 않았다. 기간트들만이라면 어떻게 해볼 수 있겠지만 스톤골렘이 80여 기에 달했다. 그것들이 사방에서 바위를 날리며 공격하는 통에 피하느라 바빴던 것이다.

'저자는 포기해야겠다. 경고를 했음에도 저러고 있으니.'

아쉽지만 이대로 빠져나가는 것이 답이었다. 비록 다아크 공작에게 크게 꾸중을 듣겠지만 그 정도로 자신의 위상에 변화가 있지는 않을 것이었다.

"퇴각한다. 모두 퇴각하라!"

모할레스 후작은 기간트들의 공세를 간신히 버텨내다 나중에는 힘이 빠져서 죽고 싶은 생각이 없었다. 그의 퇴각 명령에 사방에서 스톤골렘들과 드잡이질을 하던 근위기사들은 서서히 뒤로 물러섰다. 파괴해도 계속해서 원상태로 복구되는 골렘들의 위력에 기가 질렸었다. 그런 상태라 그런지 아무

런 거부 없이, 아니, 오히려 반색을 하며 신속하게 퇴각해 나
갔다.

쉬릿! 카강! 카가강!

이안은 모할레스 후작과 근위기사들이 빠져나가는 것을
알았음에도 제지하지 않았다. 오히려 레알리스에게 그들을
보내주라는 명령을 내리고 단 한 명, 흑마법사는 무조건 잡으
라는 주문을 했다. 그리고 그 일환으로 흑마법사의 마력을 깎
아내기 위해서 데스나이트들을 거칠게 몰아세웠다.

―크앗! 이, 이놈!

―으아아! 같이 죽자!

데스나이트들은 점점 뿜어내는 사기가 줄어들고 있었다.
주인에게서 전해져 오는 흑마력이 줄어들자 그들의 힘이 덩
달아 줄어든 것이었다.

'이제는 절반까지 떨어진 건가? 조금만 더 두들기면 되겠
군.'

이안은 동귀어진의 수법으로 발작적으로 덮쳐오는 데스나
이트의 공격을 피하며 교묘하게 툭툭 건드리는 식으로 생채
기를 입혔다. 갑옷이 깨질 때마다 흑마력은 계속해서 소모되
며 원상태로 돌아가려 했다.

"이, 이런… 블링크!"

기간트들이 바로 앞까지 다가오자 그제야 정신을 차린 가

논은 거검이 일직선으로 뻗어오는 것에 기겁하며 블링크 마법을 펼쳤다. 공간의 틈으로 빠져나가려고 했지만 마력만 소모될 뿐 마법은 펼쳐지지 않았다.

"헉! 으아아아!"

기겁하여 데굴데굴 구르며 피해낸 가논은 이 지역이 공간이동이 불가능한 것을 뒤늦게 깨달았다.

"으으……."

이빨을 딱딱 부딪치며 공포에 젖어가는 가논은 성큼성큼 걸음을 옮겨오는 기간트들이 번쩍 치켜든 거검에 시선이 멈췄다. 그 거검이 사정없이 공간을 가르며 다시 날아들자 살고자 하는 욕망으로 미친 듯이 몸을 움직였다.

"도, 돌아와. 돌아오란 말이다!"

저 멀리 도망가는 모할레스 후작과 근위기사들은 꽁무니가 빠져라 단 하나뿐인 입구를 향해 내달렸다. 그들에게 버림받은 것을 느끼자 서러움과 분노가 동시에 폭발하듯이 터져나왔다. 그러나 그런 분노도 자신의 목숨을 살려주지는 못할 것이었다.

"난 죽을 수 없어. 으아아아아!"

다시 남은 마력을 쥐어 짜내 다가오는 기간트들을 부수기 위해 마법을 난사했다. 그러나 기간트들이 들고 있는 마법 방어진이 새겨진 방패는 그런 공격을 무위로 돌아가게 만들었다.

"마지막이다! 브레이브 소드 12식! 디스트로이어!"

이안은 사기가 거의 사라져가는 데스나이트들을 향해 마지막 초식을 극성으로 전개했다. 2미터에 달하는 오러가 증폭되며 몇 배로 더 부풀어 오르고 밀도 또한 배는 더 촘촘해졌다. 체내의 마나가 쑥 빠져나가는 느낌을 받으며 그대로 데스나이트들을 향해 검초를 뻗어냈다.

콰앙! 콰드드드드등!

거센 폭음이 데스나이트들의 몸체에서 일어나고 거칠게 뒤로 튕겨져 나갔다. 막으려고 검을 휘둘렀지만 그런 행동조차 무위로 만들어버리는 압도적인 위력이 발군이었다.

—크아악!

—크윽… 복수를……

데스나이트들은 원독에 찬 음성을 마지막으로 남긴 채 서서히 검은 기류가 되어 사라졌다. 그 기류는 기간트들의 공격에 이리저리 구르고 있는 가논에게로 흡수되는 것으로 끝나고 말았다.

"커억… 비, 빌어먹을……."

데스나이트들이 역소환되며 전해온 충격은 가논을 궁지로 몰아넣었다. 반격을 하려고 해도 흑마력이 모두 소진되어 마법을 사용할 수 없는 형편이었다. 거기에 마력이 모두 소진되자 정신이 가물가물해지며 금방이라도 쓰러질 것처럼 비틀거렸다.

"으으… 나, 나는… 쓰러지지… 않는다!"

버티기 위해서라도 버럭 소리를 지르며 마지막 발악을 했다. 그러나 점점 감겨오는 눈꺼풀은 천근만근인양 아래로 향해 내리 눌러왔다.

"후후! 추해 보이는군."

"비웃지… 마라! 나는… 네놈이… 크윽!"

뭔가 더 말을 하려고 했지만 이미 머리통이 바닥을 향해 쓰러져 내리고 있는 것도 자각하지 못하고 있었다. 쿵하며 소리를 내며 쓰러진 그는 몇 번을 더 부들거리는 손짓을 했지만 그마저도 툭하고 소리가 나도록 바닥에 떨구고 말았다.

"훗! 귀중한 포로를 잡았네. 정말 행운이 따로 없군."

흑마법사, 그것도 7클래스에 해당하는 마도사를 잡은 것은 행운이 락토르에 아직 남아 있다는 반증일 것이었다. 락토르 국왕에게 가해진 흑마법에 대한 혐의를 벗길 수 있는 증인이니 말이다.

"어라! 넌 아직도 여기 있는 거냐?"

이안은 가논이 완전히 기절한 것을 확인한 후 주변을 둘러보다 입구쪽에 주저앉아 있는 리타를 보았다. 턱을 괸 채 빤히 쳐다보고 있는 그녀의 모습이 너무도 뻔뻔해 보였다.

"나가봤자 죽는 건 마찬가지에요. 그러니 여기 있는 것이 더 낫죠. 쩝!"

아예 배 째라 식으로 나오는 그녀의 말을 들으며 이안은 그녀가 강요에 의해서 이런 행동을 했다는 것을 다시 한 번 깨달았다.

"나는 살려줄 거 같고?"

"뭐 빌면 살려주지 않으려나요? 남들이 그러는데 영웅이라잖아요. 그러니까 살려줄 거 같아요. 맞아요. 전 그렇게 믿을래요."

"헐! 이거 정말 웃기는 여자네."

"웃겨도 상관없어요. 살 수만 있으면 뭘들 못할까요."

리타가 뚱한 표정으로 계속 그렇게 말대꾸를 하는 것에 이안은 어이가 없었다. 그러나 그 모습이 밉지는 않은 것을 보면 그녀에게서 묘한 매력을 느끼고 있다는 반증일 것이었다.

"저기 그런데요."

"응? 나에게 질문이 있나?"

"저 기간트들은 백작님의 명령을 듣는 건가요?"

"기간트? 홈… 비밀!"

이안은 피식 웃으며 쓰러진 가논에게 마나의 금제를 가했다. 그리고 레알리스에게 말해 기간트들에게 가논을 들게 만들었다.

"와! 그봐. 기간트가 명령을 듣는 거 맞죠? 그죠?"

"조용해라. 한 대 맞기 싫으면."

"쳇! 여자를 때리는 영웅이 어디 있어요? 영웅이 뭐 그래?"

"나 영웅 아니니까 여자 패도 돼. 알았냐?"

"윽!"

리타는 이안이 손을 치켜들자 찔끔 눈을 감고 몸을 움츠렸다. 진심으로 한 대 얻어맞을 것만 같은 분위기를 느낀 것이었다. 그러나 한참이 지나도 통증이 느껴지지 않자 슬그머니 한쪽 눈을 떠서 상황을 살폈다.

따악!

"아얏!"

눈을 뜨자마자 날아든 꿀밤이 지독한 통증을 이마에 선사했다. 이마를 부여잡고 눈물을 찔끔 흘리는 리타는 볼멘소리를 하며 이안에게 투정을 부렸다.

"아프단 말이에요. 여자를 정말 때리는 법이 어디 있어요. 네?"

"더 맞을래? 원하면 때려주고."

이안이 주먹을 눈앞에서 휘두르자 리타는 급히 손사래를 치며 뒤로 물러났다.

"아니! 아니에요."

"훗! 그런데 너 왜 그랬냐?"

"치이… 협박을 받아서 어쩔 수 없었어요. 안 그러면 도둑 길드원들을 모두 죽이겠다고 해서."

"쩝… 그럴 거라 생각은 했다만……."

이안은 도둑길드 전체를 놓고 협박을 한 다아크 공작의 행동에 분노를 느꼈다. 수단과 방법을 아끼지 않고 적을 공격하는 그의 행동에 대한 대가를 반드시 지불하고 말겠다는 의지를 강하게 머릿속에 각인시켰다.

"크아아악! 내가 이 나라의 지존이다! 로크 제국을 멸망시켜야 하느니라. 로크 제국을!"

버럭 소리를 지르며 광증을 뿜어내는 락토르 국왕을 바라보는 아레스 왕자의 눈은 울분으로 가득했다. 형인 란세르가 다아크 공작을 등에 업고 반란을 일으키고 부친과 자신은 이곳으로 도망치듯 들어와야 했다. 그 이후 아무도 찾지 않는 곳에서 정신이 무너지지 않고 버텨낸 것만 해도 참 대견하다고 할 정도였다.

"왕자 저하!"

뒤에서 부르는 소리에 아레스는 시선을 돌려 말을 한 사람을 쳐다보았다. 하얀 수염을 가슴까지 기르고 하얀 로브를 걸치고 있는 유일한 희망이라고 할 수 있는 사람이 그곳에 서 있었다.

"무슨 일입니까, 이실리스 후작님!"

마도사이자 락토르 왕실의 왕실 마탑주인 그가 끝까지 자신들을 따르며 지켜주고 있었다. 자연 따뜻한 눈빛으로 그를 바라보는 아레스의 눈길에 이실리스 후작이 입을 열었다.

"아무래도 흑마법에 당하신 거 같습니다."

"역시 그런가요?"

자세한 것은 알 수 없지만 이 던전이 왕실과 연관되어 있다는 것만은 알고 있었다. 그런 곳에 들어온 지 닷새가 흘렀고 그동안 이실리스 후작은 국왕의 광기가 무엇 때문인지 연구했었다. 그리고 이제야 그것이 흑마법에 당해서라는 것을 말하고 있는 거였다.

"그러나 정확한 원인에 대한 것은 모릅니다. 연구할 방법도 없는데다… 재료가 아예 없어서 말입니다."

이실리스 후작은 마법 배낭에 어느 정도의 마법 재료를 가지고 다녔다. 그러나 그 재료들이라는 것이 백마법에 필요한 것들이어서 흑마법을 깨는 것과는 상관이 없었다. 그 덕분에 흑마법이라는 것만 알아냈을 뿐 별다른 대응을 할 수 없었다.

구궁! 드드드드드등!

두 사람이 대화를 하며 낙담하고 있을 무렵 영원히 열릴 거 같지 않던 거대한 철문이 양옆으로 밀려 나며 열리기 시작했다. 모두가 살짝 겁먹은 표정으로 그곳으로 시선을 돌렸을 때

거대한 검은 거체가 쿵쿵 소리를 내며 걸어 들어왔다.

"헉! 기, 기간트다!"

"전하를 보호하라!"

락토르 국왕과 왕가의 마지막 충신들이라고 할 수 있는 자들이 일제히 병장기를 뽑아 들고 국왕 일가의 앞을 막아섰다. 그래봤자 20여 명도 안 되는 인원이었지만 그 의지만큼은 마스터도 죽일 만큼 강렬했다.

"제가 맡겠습니다. 뒤에 계십시오, 저하!"

이실리스 후작은 노구를 움직여 일렬로 늘어선 기사들 사이로 들어갔다. 마법 지팡이를 들고 거창한 마법을 캐스팅하려고 할 때 낭랑한 음성이 들려왔다.

"나참! 구하러 왔더니 죽이려고 마법 캐스팅을 하는 겁니까?"

"응? 자, 자네는!"

이실리스 후작은 그 음성의 주인공이 누구라는 것을 단박에 알아봤다. 독립여단 주둔지에서 마법에 관한 대화를 나눴었던 이안의 목소리를 어찌 잊을 수 있단 말이던가.

"이안 백작!"

"하하! 잘 계셨습니까?"

이안이 기간트 사이를 걸어 나와 모습을 보이자 이실리스 후작은 기사들에게 외치듯이 말했다.

"이안 폰 레이너 백작일세. 우리 편이야. 우리 편!"

"헉! 이안 백작님이 어떻게……!"

"하아… 이제 살았다. 우린 살았어."

기사들은 죽음을 향해 가고 있다는 것을 알고 낙담을 하고 있었다. 이렇게 죽는구나 싶어지던 그 순간에 찾아 온 이안이 구세주처럼 보이기 시작했다.

"이안 백작!"

뒤에서 지켜보던 아레스 왕자는 한달음에 달려와 이안의 손을 덥썩 잡았다.

"충! 이안 폰 레이너 백작이 왕자 저하를 뵙니다."

예를 갖추어 기사의 예를 다하는 이안의 모습에 아레스 왕자의 눈에 눈물이 흘러 내렸다. 남자의 비싼 눈물이 흘러내리는 것에 이안은 묘한 미소를 지으며 아레스 왕자가 내민 손을 붙잡았다.

이리저리 날뛰며 에고 기간트인 쥘베른을 살펴보는 이실리스 후작을 뒤로 한 채 두 사람은 마주 앉아 이야기를 나눴다. 지금 상황과 앞으로 어떻게 해야 할 것인지에 대한 심도 깊은 토론이었다.

"결국은 그렇게 되었구려. 하아……."

땅이 꺼져라 한숨을 내쉬는 아레스 왕자는 형인 란세르가 다아크 공작의 꼭두각시가 되었다는 것에 반쯤은 절망하는 모습을 보였다.

"그럼 이 나라는 이제 어떻게 되는 것이오?"

아레스 왕자는 로크 제국의 배신과 부친인 국왕이 덮어 쓴 누명을 생각하면 멸망이라는 단어밖에 떠오르지 않았다. 이 위기를 어떻게 이겨나가야 할 것인지 이안이 답을 해주기를 바랐다.

"시간을 벌어야 합니다. 크리스토퍼 대공이 아국에 누명을 씌웠고 그 사실만 밝혀낸다면 다른 나라들의 도움을 얻어낼 수 있습니다."

"다른 나라라… 그들이 과연 우리를 도와주겠소?"

"당연히 도울 수밖에 없습니다."

"……?"

아레스 왕자는 국제 역학에서 락토르가 얼마나 큰 역할을 하는지 알고는 있었다. 그러나 그것도 힘이 있을 때의 이야기지 지금처럼 모든 힘이 넘어가버린 상황에서 다른 나라들이 도움을 줄지는 의문이었다.

"당장 로크 제국과 국경을 맞대고 있는 체이스 제국은 우리가 망하고 크리스토퍼 대공이 나라를 세운다면 고립되고 맙니다. 어떻게든 락토르가 존속해야 그들도 살 수 있습니다."

"그거야 그렇지만……."

"그들이 지난 수백여 년 동안 아국을 침공한 이유가 뭐겠습니까? 바로 로크 제국의 압박으로부터 벗어나서 남부 리만 왕국까지 국경을 이으려는 노력이었습니다. 아니면 로크 제국에 먹히고 마니까요."

"으음……."

"만에 하나 이 모든 것이 크리스토퍼 대공의 음모였고 우리를 구할 수 있다면 그들은 최고의 효과를 누릴 수 있게 됩니다. 바로 체이스 제국부터 시작하여 남부 리만 왕국에 이르는 방어선을 형성할 수 있습니다."

그렇게 되면 대륙의 서부는 모두 반 로크 제국의 나라들로 채워지게 되는 셈이었다. 그럼 동부를 거의 장악하고 있는 로크 제국은 서쪽과 남쪽이 모두 적들로 가득한 상황에 처한다. 제 아무리 거대 제국이라고 해도 모든 나라를 적으로 돌리는 우를 범한 것이었다.

"문제는 그걸 밝혀낼 수 있느냐 하는 점이지 않소."

"그래서 시간이 필요합니다. 모든 준비는 끝났고… 저기 저놈이 있으니 시간은 더욱 줄어들게 될 겁니다."

이안이 가리킨 곳에는 정신을 잃고 꽁꽁 묶여 있는 가논이 있었다. 그들의 주위는 4명의 기사들이 눈을 번뜩이며 지키고 있었는데 정신이 들 때마다 그들이 날린 주먹에 의해서 가논은 도로 기절하는 상황이었다.

"후우… 내 모든 것을 이안 백작에게 맡기리다. 백작이 최선을 다해주시오."

아레스 왕자는 자신의 힘으로 그 어떤 것도 해낼 수 없다는 절망감에 빠져들었다. 그러나 이안이 있는 한 어떻게든 그가 이 나라를 구해줄 거라는 막연한 희망으로 그리 말했다.

"일단 독립여단의 근거지로 가시죠. 2군단도 그레그 소장이 장악했으니 최소한의 반격할 힘은 갖춘 셈이니까요."

"오! 그레그 소장이 2군단을 장악했소이까? 그것 참 듣던 중 반가운 소식이구려. 하하… 하하하!"

아레스 왕자가 알기로 2군단은 7만 명을 상회하는 병력을 가지고 있었다. 거기에 독립여단과 이안이 거느린 노예병을 합치면 무려 10만의 병력이 있는 셈이었다. 거기에 4군단이 합류하기만 하면 적어도 동북부는 방어할 수 있는 병력이었고 어쩌면 반격도 가할 수 있을 것이었다.

"문제는 국왕전하께서 저런 모습이라는 점입니다. 4군단은 남부를 지켜야 하기에 북상하라는 명령을 내릴 명령권자가 없습니다."

4군단에게 명령을 내릴 수 있는 명령권자는 국왕과 국방성장이었다. 그러나 국방성장은 그 종적이 묘연한 상황이었으니 국왕만이 명령을 하달할 수 있었다.

"하아… 그것이… 옥쇄를 형님이 가지고 있소."

"이런……."

옥쇄가 찍힌 명령서만이 4군단을 움직일 수 있는데 그것도 물 건너 가버린 상황이었다. 오히려 4군단은 란세르가 옥쇄를 찍어서 내리는 명령에 따라 적이 되어버릴 수도 있었다.

"혹시 몰라 나름대로 준비는 했소만……."

아레스 왕자가 조심스럽게 꺼내 놓은 것은 옥쇄가 찍혀 있는 양피지 10여장이었다. 아무것도 적혀 있지 않은 것으로 그 안에 무엇을 적든 국왕의 조서로 인정되는 거였다.

"다행입니다. 그러나 이것을 빠르게 사용해야 하지 않으면 오히려 역으로 당할 수 있습니다."

지금 상황에서는 누가 먼저 옥쇄를 찍은 조서를 내리는가에 따라 4군단의 움직임이 달라진다. 그것을 지적하는 이안의 말에 아레스 왕자는 서둘러 독립여단의 주둔지로 가야 한다는 것을 깨달았다. 이곳에 갇혀 있는 것은 스스로 자멸하는 길이라는 생각에 마음이 급해졌다.

"서둘러 이곳을 탈출해야겠구려. 하아……."

문제는 또 있었다. 바로 이 던전을 탈출하는 것인데 다아크 공작은 던전의 입구를 모두 봉쇄하고 철저하게 지킬 것이니 말이다.

"일단 제가 나가서 빠져나갈 수 있는지 알아보겠습니다.

그런 연후에 다시 이야기를 하죠."

"그럽시다. 부탁하리다."

믿을 것은 이안과 이실리스 후작 두 사람뿐이었다. 그러나 이실리스 후작의 마법으로는 왕성에 빼곡하게 새겨진 대마법 방어 주문을 뚫을 수 없었다.

─레알리스! 3구역에서 2구역으로 들어가는 길은 오직 하나뿐인가?

이안은 자신이 들어갈 수 있는 구역 중에서 락토르 왕실이 가지 못한 1, 2구역으로 갈 생각이었다. 그곳에 무엇이 있는지 무척 궁금했는데 에고 기간트가 있는 마당에 그보다 더한 것이 있지는 않을까 하는 희망에 부풀어 있었다.

─입구는 오직 하나뿐입니다.

─흐음… 어쩐다?

─방문자들을 모두 5구역으로 이동시키는 것을 권장합니다.

─5구역으로?

─가디언들이 지키고 있으니 그곳으로 이동해도 적들은 들어오지 못합니다.

바로 빠져나갈 거라는 말로 사람들을 이동시키면 가능할 것도 같았다. 그러나 이곳에는 싸우지 못하는 전력 외의 사람들도 존재했는데 대표적인 사람이 왕비와 아레스 2왕자의 누이인 헬렌 공주였다. 그 외에도 그녀들의 시녀들까지 해서 비전투 인원은 30여 명에 달했다. 싸울 수 있는 전력보다 많은 그들을 데리고 갈 수는 없을 것이었다.

'답답하네. 일단 입구 쪽부터 살피는 것이 최선이겠군. 그러나저러나… 저 아가씨는 왜 계속 따라오는 건지 원…….'

이안의 눈은 뒤를 졸졸 따라오고 있는 리타에게로 향했다. 그녀는 왕가의 인물들에게도 불청객이나 다를 바 없으니 같이 있는 것이 불편했을 것이었다. 그래서인지 이안이 가는 곳이라면 어디든 따라 오려고 필사적으로 노력했었다.

"여기서 기다리도록!"

이안은 레알리스의 던전 입구에 도착하자 바깥쪽을 살피는 것은 홀로 나갈 생각이었다. 리타가 제법 대단한 실력을 지녔다지만 집중 공격을 당할 때는 딱 죽기 좋은 실력일 뿐이었다.

"저도 같이 가면 안 될까요?"

"저 밖이 어떤 상황인지는 알고 하는 말인가?"

"그, 그건… 알았어요. 쳇!"

리타는 입구를 나서자마자 줄행랑을 칠 생각이었다. 자신은 최선을 다했으니 도둑길드를 건드리지는 않을 거라는 생각에 뒤도 안 돌아보고 도망가는 것이 살길이라 여긴 것이었다.

'얼마나 몰려왔을지 모르겠군.'

지하 감옥의 3층을 통해서 연결되는 입구로 들어서자 대번에 고함과 함께 적들의 공격이 날아들었다.

"적이다! 쏴라!"

"아끼지 말고 마법을 날려!"

폭이 5미터 남짓, 높이는 그보다 작은 3미터 크기의 통로를 가득 메울 정도로 쿼렐과 마법이 날아들었다. 작정하고 입구를 봉쇄할 생각인 듯했다.

"오러 실드!"

이안은 최대한 적들의 상태를 살피기 위해 무리를 해서 오러 실드를 두르며 버텼다.

'미쳤군… 병력으로 방어벽을 만든 셈이로구나.'

인의장막이라는 말이 딱 어울리는 배치였다. 빠져나가려면 적어도 천여 명은 몰살시켜야 할 것이었다. 문제는 죽이는 것이 아니라 저들이 가지고 있는 마법 스크롤에 있었다. 그것이 한꺼번에 폭발이라도 하는 날에는 아무리 바위를 깎아 만든 통로라고 해도 붕괴되고 말 것이기 때문이었다.

'입구는 포기해야 하나? 하아…….'

이안은 고개를 내저으며 뒤로 도로 물러났다. 그가 물러나자 공격은 멎었고 누군가가 외치는 소리가 들려왔다.

"이안 백작! 빠져나가는 것은 포기하라. 통로를 무너트려서라도 막아낼 것이니 말이야."

모할레스 후작의 말에 이안은 일어나는 살심 덕분에 부동심이 깨어질 뻔했다. 그러나 최대한 마음을 다스리며 편안한 마음을 갖도록 노력했다.

"그렇게 조국을 배반하는 것이 최선입니까?"

"나는 조국을 배반한 적이 없네. 국왕이 먼저 나라를 버린 것일세."

"후후! 다 알면서 모른 척하면 답니까? 양심도 없는 쓰레기 같으니!"

이안이 독설을 퍼부음에도 모할레스 후작은 대답을 하지 않았다. 그도 부하들이 지켜보고 있기에 국왕에게로 자신의 죄를 전가했지만 마지막 양심은 있는지 침묵으로 일관했다.

"내가 할 말은 투항하라는 것뿐일세. 그럼 자네의 목숨은 어떻게든 살려주겠네. 만약 우리의 대업에 함께 한다면 작위는 물론 부귀영화를 누릴 수 있을 것일세."

모할레스 후작은 이안이 자신들의 편에 서기를 바랐다. 그렇게만 된다면 락토르 왕국은 하루아침에 그 이름을 바꾸게 될 것이었다. 바로 크리스토퍼 대공의 이름을 딴 왕국으로 말이다.

"하하하! 개소리는 집어치워! 다시 볼 때는 그 개소리 지껄이는 목을 베어주마. 모할레스 후작!"

이안은 분노를 터뜨리며 발길을 돌렸다. 던전 가디언들 때문에 저들도 이 안으로 들어오지 못할 테니 반격은 걱정하지 않아도 되었다.

―레알리스!

―말씀하십시오, 마스터!

―이곳을 빠져나갈 방법이 있나?

이안은 이 리하르트 왕국의 마지막 안배지에서 빠져나갈 방법에 대해서 물었다. 유일한 길이라고 생각은 하지만 다른 방법이 혹시라도 있을까 하여 묻는 것이었다.

―탈출용 비공정이 있습니다. 그것을 통해 밖으로 나갈 수 있습니다.

―뭐? 비공정이라고?

―레이첼님이 마지막으로 연구하셨던 것이 비공정입니다. 완성품은 아니지만 실험 제작한 것이 남아 있습니다.

실험 제작한 비공정이 남아 있다는 말에 이안은 분노가 사라지고 그 자리에 희열이 솟아오르는 것을 느꼈다. 비공정은 제국도 단 두 대밖에 없는 최고의 전술 병기였다. 그런 것이 자신의 수중에 들어온다고 생각하니 심장이 요란한 소리를 내며 뛰기 시작했다.

―어디에 있지? 그 비공정은?

―제 1구역에 있습니다.

―당장 그곳으로… 아니, 아니다. 나중에 가도록 하지. 나중에.

―가고 싶을 때 저에게 말씀하십시오, 마스터!

딱딱한 레알리스의 목소리를 끝으로 이안은 다시 입구를 거슬러 리타가 기다리고 있는 곳에 도착했다. 뚱한 표정으로 자신을 바라보는 리타는 어떻게 됐냐는 것을 눈빛으로 묻고 있었다.

"나갔다가는 그대로 고슴도치가 된다. 아니면 마법에 의해서 통구이가 되던가."

"쳇! 내가 그럴 줄 알았어. 이제 어떻게 할 거예요?"

리타는 이안이 항복하기를 바라는 마음이 컸다. 이 던전 안은 식량도 없었고 물도 구할 수 없는 곳이었다. 며칠 버티지 못하고 아사하게 될 판이니 결국 이안도 항복하게 될 거라 생각했다.

"전 죽고 싶지 않다구요. 쳇!"

리타의 볼멘소리에 이안은 그저 흐릿한 미소만 지을 뿐 가타부타 말을 하지 않았다. 그리고 곧장 발길을 옮겨 아레스 왕자들이 기다리고 있는 구역으로 넘어갔다.

'일단 밤이 깊기를 기다려야겠군.'

모두가 잠이 든 순간을 노려서 다른 미공개 구역으로 이동할 생각이었다. 그리고 그곳에 있는 것들을 손에 넣고 난 후에 비공정을 이용해서 밖으로 나가는 수순이 최선이었다.

"뭔가 수상한데… 후웁! 수상한 냄새가 나."

리타는 코를 킁킁 거리며 이안에게서 수상한 냄새가 난다며 말했다. 그녀의 놀라운 촉에 이안은 속으로 살짝 놀랐지만 이내 무표정을 고수하며 성큼성큼 걸음을 옮겼다.

"쳇! 같이 가요."

리타는 홀로 떨어지는 것이 싫은지 무심하게 가버리는 이안의 옆으로 바짝 붙으며 팔짱을 꼈다. 마치 도망가지 못하게 붙잡고 있겠다는 생각에서인지 무척이나 격하게 끌어안으며 걸었다.

'이런… 에일리도 이러더니만… 쯧!'

팔에서 느껴지는 풍만한 여인의 감촉에 이안은 눈살을 찌푸렸지만 내심 기분은 좋아지고 있었다. 아름다운 여인이 팔짱을 끼고 같이 걷는데 싫을 남자는 세상천지 어디에도 없을 것이었다.

9장

널이라 날애

던전 안은 시간의 흐름을 알 수 없었다. 그저 마스터의 감이 어느 정도의 시간이 흘렀는지 짐작할 수 있을 뿐이었다. 덕분에 좀처럼 혼자 있는 시간이 적었고 간신히 모두가 잠든 시간을 맞이할 수 있었다.

―레알리스! 2구역으로 들어가는 입구를 소리 없이 열어 줘.

―바로 시행하겠습니다.

2구역의 입구는 3구역에서 기나긴 통로를 지나서 나오는 거대한 철문으로 되어 있었다. 그 철문 역시 오러에도 버틸 정도의 강도를 지닌 2미터가 넘는 굵기를 지녔기에 지금껏 락토르 왕가에서도 포기한 것이었다.

'잉? 저 아가씨가!'

이안은 입구로 들어가는 통로를 지나치려 할 때 뒤쪽에서 아주 은밀한 기척을 느꼈다. 마스터가 아니라면 알아채지 못했을 정도로 은밀한 움직임이었다.

까닥까닥!

이안은 발길을 멈추고 뒤로 휙 신형을 튼 다음 손가락을 까닥였다. 그러자 깜짝 놀라 얼음 동상이 되었던 리타가 배시시 웃으며 이안의 옆으로 한달음에 달려왔다.

"내 그럴 줄 알았어. 히히!"

리타는 이안이 모두가 잠들기를 기다려서 열리지 않는 곳이라는 다음 구역으로 가려는 것을 발견했다. 그래서 절대 들키지 않으리라 생각하고 그 뒤를 따라나섰다. 하지만 마스터의 이목을 속이지 못한다는 것을 새삼스럽게 느끼게 된 순간이었다.

"안 자고 날 감시한 건가?"

이안의 나직한 목소리에 웃음기가 가득했던 리타의 얼굴에 긴장감이 감돌았다.

"그, 그건 아니고요… 네에……."

"거참. 네가 한 짓을 아직 용서한 것이 아니다. 사정이 있

을 거 같아서 그냥 참고 있을 뿐임을 잊지 마라!'

이안이 강하게 분노를 터뜨리자 리타는 고개를 숙이며 울먹였다. 이안이 그렇게까지 화를 낼 줄은 몰랐었고 그것이 너무 서러웠던 것이다.

"하지만… 흐윽……."

"아, 거참……."

여자의 눈물은 남자가 화를 내야 하는 상황에서도 멈추게 하는 마력이 있었다. 이안은 더 화를 내야 하는 상황임에도 그것을 멈추고 차갑게 말했다.

"돌아가라. 네가 끼어들 일이 아니니까."

"흐윽… 따라가면 안 될까요? 무서워서 그래요, 무서워서."

"끄응……."

앓는 소리를 내는 이안은 리타가 왜 저들을 무서워해야 하는지 솔직히 이해는 되지 않았다. 자신이 2구역으로 들어가는 모습을 보여주는 것은 절대 피해야 할 상황이기에 이내 마음을 차갑게 굳혔다.

"안 되는 것은 안 되는 것이다. 돌아가!"

"히잉… 알았어요. 쳇!"

어느새 눈물은 말라있고 투덜거리는 모습을 보니 리타가 지금까지 연기를 했다는 것을 깨달았다. 그 모습에 이안은 여자는 정말 요물이 따로 없다는 말이 맞는 말이라는 걸 느꼈다.

'에휴… 이미 저 아가씨가 내가 2구역으로 가는 걸 알았으니 어떤 의심을 할지 모르겠군.'

다른 이들에게 말을 하지는 않을 것이지만 그래도 찜찜한 것은 피할 수 없었다.

'확실히 돌아갔나? 갔군.'

이안은 기감으로 리타가 제 자리로 돌아가서 눕는 것을 확인하고 난 후에야 비로써 걸음을 다시 옮겼다. 각 구역마다 긴 통로가 존재했고 그 통로의 끝에 다시 파괴가 거의 불가능한 합금으로 만들어진 대문이 존재했다. 그 문은 이안이 도착하자 스르르 열리며 새로운 공간을 드러냈다.

─2구역입니다, 마스터!

레알리스의 말에 이안은 새로운 공간을 살펴보았다. 절로 허파에서 바람 빠지는 소리를 낼 정도로 어마어마한 광경에 눈을 치켜떠야 했다.

"헐! 이게 다 뭐라니."

3구역과 같은 넓이를 지닌 거대한 연병장 크기의 공간을 가득 채우고 있는 것은 엄청난 양의 무구들이었다. 우측은 검과 창, 그리고 갖가지 병기들이 거치되어 있었고 좌측은 각종 방어구가 산처럼 쌓여 있었다.

'후대를 위해서 이 정도로 준비한 것을 보면… 리하르트 왕국이 망한 것이 이해가 가질 않는군. 으음…….'

물론 리하르트 왕국이 망국의 길을 걷게 된 가장 큰 이유는 분명 있었다. 마계로 연결된 차원의 문을 막기 위해 레이첼을 비롯한 주요 전력이 모두 빠져나간 탓임을 말이다. 그래도 이런 준비성을 가진 나라가 망했다는 것은 의문이 남는 일이었다.

"앞쪽은 무구들이고… 뒤는 다른 것인가?"

이안은 계속해서 걸음을 옮기며 무구들이 쌓여 있는 곳을 지나 더 뒤로 이동했다.

'이런!'

갑자기 발걸음을 멈춘 이안은 서서히 닫히고 있는 강철문 사이를 통해 보이는 한 사람을 발견했다.

―레알리스! 문을 더 빨리 닫아!

―마스터, 그건 불가능합니다.

레알리스의 답변에 이안은 달려오고 있는 리타를 공격해서라도 저지시켜야 하는지 고민했다. 그러나 원거리에서 그녀를 막으려면 오러뷰렛을 날려야 하는데 그것은 마스터라고 해도 막아내기 어려운 것이었다.

"젠장!"

차마 죽일 수는 없는 노릇이라 이빨만 뿌드득 소리가 날 정도로 같아붙였다.

"호호! 아슬아슬 성공!"

리타는 초롱초롱 빛나는 눈빛으로 2구역 안을 살폈다. 어마어마한 병장기들이 가득한 것을 본 그녀의 눈은 보물단지를 발견한 욕심 많은 여자의 눈으로 변해갔다.

"우와! 이게 다 뭐예요? 엄청나네. 와아!"

감탄사를 연발하는 그녀를 보며 이안은 지금 죽여야 할지 참아야 할지 심각한 고민에 빠졌다.

'죽이는 것이 깔끔하겠다. 이런 비밀이 알려져서는 곤란하니까.'

적으로 만나서 이렇게 사람을 곤란하게 만든 것이 죄라면 죄일 것이었다. 비록 여자를 죽이는 것이 마음에 걸렸지만 적은 적일 뿐이라 생각하면 찜찜함도 사라질 것이었다.

"네 오지랖을 원망하도록!"

쉬잇!

극쾌의 발검이 이루어지고 그대로 리타의 목을 향해서 이안의 검이 쏘아져 나갔다. 점과 점을 잇는 하나의 선이 허공에 그려지고 경악으로 물들어가는 리타의 눈에 죽음의 공포가 밀려들었다.

─마스터! 멈추세요!

이안은 갑자기 멈추라고 하는 레알리스의 다급한 메시지

에 검을 멈췄다. 하지만 워낙 빠르게 시전한 검세인 탓에 채 회수하지 못하고 리타의 목을 스치듯이 지나친 후에야 멈출 수 있었다.

"허억… 허억……."

숨을 가쁘게 몰아쉬는 리타는 자신의 목이 떨어지지 않았다는 것을 아직 믿지 못하는 눈빛이었다. 부들부들 떨리는 손으로 목을 쓸어내고 내서야 긴 한숨을 내쉬었다.

"저, 정말 죽일 셈이었나요?"

리타는 확인이라도 하듯이 이안에게 어렵사리 말을 꺼냈다. 그러나 이안은 인상을 구긴 채 리타에게 조용하라고 손짓했다.

―왜 멈추라고 한 거지?

―그녀에게 인장이 있습니다.

―인장? 무슨 인장을 말하는 건가?

이안은 인장이라는 말에 의문이 생겼다. 그녀가 가진 인장이 무슨 의미가 있는 것인지에 대한 의문이었다.

―이전에는 보지 못했는데 그녀가 문을 통과할 때 삐져나온 것을 확인했습니다.

레알리스의 메시지에 이안은 리타의 목에 걸려 있는 목걸이를 힐끗 쳐다 보았다. 체인 형식으로 된 줄에 걸려 있는 황금으로 된 반지였다. 손가락에 끼워야 할 반지를 목걸이로 만들어서 끼고 있는 것이 약간 이상함을 자아내는 광경이었다.

"그 목걸이 누구 거지?"

이안의 물음에 리타는 겁을 잔뜩 집어먹은 표정으로 더듬거리며 대답했다.

"이, 이건… 하, 할머니께 받은… 유품이에요."

할머니에게 받은 유품이라는 말에 이안은 저 반지가 리하르트 왕국에서 만든 신분을 증명하기 위한 용도의 인장임을 알았다. 그리고 리타의 조상이 적어도 레알리스가 존중해야 할 정도의 고위 귀족임도 말이다.

─저 인장이 누구의 것인지 알 수 있나?

─잠시만 기다리십시오. 지금 확인 중입니다.

레알리스는 마법 스캔으로 반지에 대한 것을 다시 확인하고 난 후에 이안에게 이야기했다.

─저 반지는 리하르트의 마지막 왕녀이신 브리타니아님의 인장입니다.

─왕녀의 인장? 헛! 대단하신 분의 후예시로군.

왕녀의 인장을 물려받은 후손이라면 리타가 평민은 아닐 거라 생각했다. 왕녀라면 적어도 백작가 이상의 귀족만이 결혼 상대가 될 수 있기 때문이었다.

'어쩐다? 왕녀의 인장을 가지고 있으니 레알리스의 소유권이 문제가 되는데…….'

이안은 볼살을 씰룩일 정도로 궁리를 거듭하다 레알리스에게 물었다.

─저 인장과 내가 가진 인장 중에 누가 더 고위 권한을 가지고 있지? 그녀인가? 아니면 나인가?

─같습니다. 공작의 인장이나 공주의 인장이나 귀족법상 같습니다. 그러나 세밀하게 따져본다면 마스터의 인장이 더 높은 등급입니다.

─같다고 하지 않았나?

─마지막으로 입력된 정보에 따르면 왕위 계승 서열이 락시온님이 더 높게 책정되어 있습니다.

─아… 그런 거로군.

왕가만 왕위 계승 서열을 가지고 있다고 착각하는 이들이 많았다. 그러나 정확하게 말하자면 대귀족들, 백작 이상의 귀족은 왕위 계승 서열에 속한다. 왕가의 남자가 모두 죽었을 경우라면 공작이 다음 계승 서열을 가지고 있는 경우도 있었다. 그럴 경우 공작이 공주와 결혼하여 왕위를 차지하는 식이었다.

'불행 중 다행인 건가? 거참…….'

이안은 리타보다 높은 등급이라는 말에 속으로 적이 안도했다. 만에 하나라도 그녀가 더 높았다면 당장에 레알리스의 소유권이 그녀에게로 넘어갔을 테니 말이다.

'그나저나 저 아가씨 입을 어떻게든 막아야 하는데… 흠!'

이안은 심각하게 고민했다. 죽이지는 못할 거 같고 입은 입대로 막아야 하는 상황이라 그 대책을 생각하느라 머리가 아파올 지경이었다.

'그게 최선이겠군… 저 아가씨에게는 미안한 노릇이지만……'

이안은 아공간 반지에서 노예 목걸이를 꺼냈다. 한번 착용하면 주인이 해제해 줄 때까지 절대 벗어날 수 없는 노예의 운명으로 만들어 버리는 목걸이였다. 그리고 주인이 죽는다면 그 즉시 죽음을 맞이하게 되는 극악한 물건이기도 했다.

"차라!"

"네? 이, 이게 뭔데요?"

리타는 이안이 건네는 쇠사슬로 이루어진 얇은 목걸이를 쥔 리타는 불길한 생각을 지울 수 없었다.

"선택해라. 죽느냐 아니면 그걸 차느냐. 다른 답은 없다."

삭막하기 그지없는 이안의 말에 리타는 겁이 덜컥 났다. 아무리 자신이 철딱서니 없는 짓을 하기는 했다지만 그건 다 궁금증을 해결하기 위함이었다. 그런데 여자인 자신에게 이렇게 매몰차게 대할 수 있는 것인지, 서러움에 왈칵 눈물이 흘러내렸다.

"셋을 세겠다. 셋! 둘! 하……!"

"찰게요. 찬다구요. 흑흑!"

리타는 눈물을 흘리며 그 목걸이를 목에 걸었다. 차는 즉시 푸른 마나의 빛을 뿜어냈다 순식간에 그 빛이 목걸이와 리타의 몸으로 흡수되어 버렸다.

"그 목걸이는 노예의 목걸이다. 떼어낼 수도 없고 주인인 나에게 위해를 가하려고 하면 그 즉시 목이 달아나게 될 것이다."

"헉! 어, 어떻게……!"

설마 노예의 목걸이를 자신에게 걸게 할 줄은 몰랐다. 서러움과 분노, 그리고 참을 수 없는 경멸감이 온몸을 부들부들 떨게 만들었다.

"차라리 나를 죽여라! 어떻게 노예로……."

리타는 그대로 몸을 날려 이안에게 주먹을 날렸다. 그러나 그녀가 주먹을 채 뻗기도 전에 극악한 고통이 전신에서 느껴졌다. 거기다 더해서 목에 걸린 목걸이가 숨이 막히도록 바짝 조여오며 금방이라도 머리통이 몸에서 분리될 것 같았다.

"커억! 끄륵……."

"네가 한 행동의 대가다. 남의 비밀을 호기심으로 엿보려 한 죄. 죽음으로 갚도록!"

이안의 냉정한 말에 리타는 억울함을 참을 길 없었다. 그러나 자신이 한 행동이 얼마나 대단한 것이기에 이런 꼴을 당해야 하는지 궁금해졌다. 죽을 때 죽더라도 그 이유는 알고나 죽어야겠다는 생각이었다.

"내, 내가… 끄윽… 왜 죽어야… 하느냐. 왜!"

"이 장소가 뭐라고 생각해? 그냥 무기를 쌓아둔 비밀 창고?"

"……."

"내 목이 달아날 수도 있는 장소야. 자칫 왕가를 지워 버려야 할지도 모를 비밀이 담겨 있는 장소이기도 하지. 그런 곳을 네년의 호기심을 충족시키기 위해 장난치듯이 따라 들어왔다? 충분히 죽어야 할 이유라 생각하지 않나?"

리타는 왕가가 지워져야 할 만큼 커다란 비밀이 있는 곳이라는 말에 똥 밟았다는 표정이 되어갔다.

"한 번은 참아주지. 그러나 다음은 그대로 둘 테니 유의하도록! 해제!"

이안이 손가락을 튕기며 하는 말에 목걸이가 목을 조여 오는 것을 멈추고 원래대로 돌아갔다.

"컥! 컥!"

목을 부여잡고 컥컥거리는 리타는 여전히 원독에 찬 눈빛을 했지만 더는 따지지 않았다. 자신이 저지른 일의 대가를 받는 것이라 하니 억울해도 어쩔 수 없다는 것을 깨달은 것이었다. 그보다는 자신이 이안보다 약한 것이 죄라면 가장 큰 죄일 것이었다.

뚜벅! 뚜벅! 뚜벅!

발자국 소리가 또렷하게 울릴 정도로 좁은 복도를 지나 1구역으로 들어서는 이안의 뒤로 리타가 유령처럼 따라갔다. 체념한 듯 바닥을 향해 고개를 숙인 채 좀비가 걷듯이 걸었다.

"그래도 그렇지… 어떻게 여자에게… 인간이면 그럴 수가… 나처럼 예쁘고 능력 있는…….."

중얼중얼 쉼 없이 입을 여는 리타의 말들이 이안의 짜증을 돋우게 만들었다. 차라리 대놓고 말을 하며 면박이라도 주겠지만 저렇게 하소연을 하듯이 말하니 화를 내면 자신이 더 나쁜 놈이 될 것만 같았다.

─1구역의 입구를 열도록!

─네, 마스터!

구궁! 드드드드등!

10만 명은 족히 무장시킬 수 있는 병장기와 갑옷들, 그리고 전투 지원을 위한 각종 마법스크롤과 포션들이 있던 2구역을 지나 1구역으로 들어섰다. 거대한 철문이 양쪽으로 벌어지고 밝은 빛이 찬란하게 눈을 시리게 만들었다.

"어멋! 여긴 또 뭐예요?"

구시렁거리던 것이 언제였냐는 듯이 놀란 토끼눈을 하고 리타가 옆으로 바짝 붙어섰다.

"어머나… 이게 다 뭐예요? 우와……!"

리타는 1구역 안에 보관되어 있는 것들을 눈으로 확인하자 탄성을 절로 터뜨렸다. 50기의 쥘베른이 오와 열을 맞춰서 서 있었고 이름을 알 수 없는 워리어급 기간트 3기가 그 앞에 있었다. 아마도 쥘베른보다 한 등급 더 높은 기체인 워리어급에 해당하는 외장으로 보아서 왕족들이나 최고 지휘관용으로 만들어진 기체인 듯싶었다.

─레알리스 저 기체는 뭐지?

─오베론이라는 프로토 타입의 기체입니다. 마나코어의 출력이 1.3으로 더블코어 시스템으로 설계된 리하르트 왕국의 마지막 역작입니다.

─오베론이라… 으음…….

리하르트 왕국이 있었을 당시 최고의 기체는 0.8의 출력을 가졌던 쥘베른을 비롯한 솔저급의 기체였다. 그런데 처음으로 워리어급의 기체가 눈앞에 모습을 드러낸 것이었다.

─워리어급의 기체를 만들어 냈을 정도면 기간트 전력에서 타국을 압도했을 텐데 왜 리하르트 왕국이 무너진 거지?

─그것까지는 모르겠습니다. 정보가 부족합니다.

─끄응… 그건 그렇고 저 기체들은 아공간이 탑재된 녀석

들인가?

─그건 아닙니다. 레이첼님이 떠나고 난 이후 주기고로 입보된 기체들입니다.

─아… 아쉽군.

레이첼이 있어야 기간트에 아공간을 부여하는 작업을 할 수 있었다. 저기 있는 기체들은 아공간이 없기에 라이더가 직접 조종해서 이동해야 하고 장거리 이동은 기간트 캐러밴을 이용해야 한다.

'아무런 메리트가 없는 놈들이라는 소리네.'

지금의 기간트들은 최소한 1.8 이상의 출력이 나와야 전투에서 상대에게 뒤지지 않는다. 출력 1.3이라는 것은 기간트 대전에서는 거의 쓸모가 없었다. 그리고 그나마도 아공간이 없으니 더더욱 쓸모가 없어진 기체에 불과했다.

'차라리 이놈들한테 에고를 장착하지. 쯧!'

그랬으면 그나마 전투에도 써먹을 수 있을 것이었다. 마나 코어를 떼어내서 샤베른으로 만드는 일에나 써먹을 수 있을 거라는 생각에 흥미가 싹 사라져 버렸다.

"우와! 우와! 도대체 기간트가 몇 대인 거예요. 엄청나요."

조잘거리는 리타의 말은 싹 무시한 채 이안은 다음에 있는 것을 보기 위해 이동했다.

─저기 있는 것이 레이첼님이 프로토 타입으로 만든 비공

정입니다. 마스터!

—비공정이라… 어디 보자.

이안은 비공정이라는 말에 기대감에 잔뜩 부풀어서 주기고로 향했다.

"헐……."

"정말 예쁜 배예요. 너무 예쁘다."

리타는 너무 예쁜 배라며 팔짝팔짝 뛰며 좋아했지만 이안은 실망으로 뒷골이 땡길 정도였다. 비공정이라 함은 적어도 수백 명 이상의 기사단을 태우고 적의 근거지를 기습할 수 있을 정도의 전술 병기를 의미했다. 그런데 눈앞의 비공정은 비공정이라고 하기에도 초라한 수준이었다. 잘해야 30명이나탈까 말까한 크기에 강에서 뱃놀이하기에 딱 알맞을 듯한 그런 수준으로 보였던 것이다.

—비공정의 재원을 말해줘.

—길이 27.4에 체고 8.2이고 폭은 9.5로 이루어져 있어요. 장착되어 있는 마나 코어는 더블 코어 시스템으로 1.3출력의 코어가 2개 장착되어 있습니다.

—더블코어? 헐… 그때 벌써 더블 코어를 만들었다는 건가? 대단하군.

지금의 기간트들은 출력을 높이는 방법을 많이 연구하여 더블코어를 사용한다. 그래서 나이트급 이상의 기간트들이 만들어 질 수 있었다. 그러나 레이첼의 시대만 해도 더블 코어는 아직 나오기 전이었다. 그런데 그녀가 비공정에 사용한 코어 시스템이 더블 코어라고 하니 잠깐의 놀라움이 일었다.

─레이첼님이 손수 각인한 대마법 방어진은 7클래스의 주문까지 방어할 수 있습니다.

─7클래스라… 그건 대단하네.

지금 로크 제국이 보유하고 있는 비공정은 6클래스의 마법을 간신히 막아내는 수준으로 알려져 있었다. 마법사들의 수준이 7클래스가 정점을 찍고 있는 수준이기에 그들이 할 수 있는 최고치가 거기까지인 탓이다.

─최고 30톤의 무게까지 지탱하며 정상 속도를 유지할 수 있습니다. 최고 속도는 3바란까지로 기록되어 있습니다.

─3바란이라… 정말 빠르네. 휘유!

1바란은 말 한 마리가 전력으로 달릴 때의 속도를 의미했다. 기간트가 전속으로 고속 기동할 때의 속도를 비교하기 위해 만들어진 단위로 대략 60㎞/h라고 보면 될 것이었다.

─그 외에 비공정을 10여 분간 안보이게 할 수 있도록 투명화 마법을 사용할 수 있습니다. 속도를 더 올릴 수 있는 윈드 마법을 상요할 수 있는 아티팩트가 배 후미에 설치되어 있고…….

─투명화 마법은 괜찮네.

레알리스의 설명을 들으며 이 비공정을 어떤 방식으로 사용할지 생각하던 이안은 갑자기 리타가 팔을 잡으며 하는 말에 시선을 틀었다.

"백작님, 이거 타보면 안 돼요? 네?"

리타는 비공정의 모습에 반했는지 타보고 싶다며 이안을 졸랐다. 어차피 이안도 비공정에 타서 실험을 해봐야 할 상황이라 말없이 비공정에 올랐다.

"이야! 어서 올라가요. 어서!"

리타는 이안이 비공정에 오르자 풀쩍 뛰어올라 뱃머리에 가볍게 안착했다. 그녀가 둘러보는 사이 이안은 조종석으로 이동해 레알리스가 알려주는 대로 비공정의 운행에 돌입했다.

"백작님 그런데 이 배는 왜 여기에 있는 걸까요? 물도 없는데 어떻게 움직이⋯ 어멋!"

리타는 갑자기 비공정이 둥실 떠오르자 화들짝 놀라며 바닥에 주저앉았다.

"이 배는 비공정이다. 그냥 배가 아니야."

"네? 저, 정말요? 꺄악!"

리타는 비공정이라는 말에 더 이상 커질 수 없을 때까지 동공이 확장됐다. 제국도 2대밖에 보유하지 못한 비공정은 그 가격이 무시무시하다는 말로밖에 설명할 방법이 없었다. 팔지도 않을뿐더러 다시 만드는 것도 어려운 것이 비공정이기 때문이었다.

'비공정을 만드려면 적어도 8클래스에 도달한 현자급의 마법사가 필요하니까.'

현자급의 마법사는 지금 시대에는 존재하지 않았다. 제국의 마탑주들도 7클래스가 끝이었고 그것은 락토르도 마찬가지였다. 이실리스 후작이 7클래스에 올랐지만 그 이상의 깨달음은 얻지 못했다. 무슨 이유에서인지는 모르지만 마법사들의 한계가 7클래스로 제한되는 느낌마저 받는 그런 시대였다.

"이렇게 조종하면 되는 건가?"

이안은 조종석에 올라선 채 반원형의 투명한 구체에 손을 얹고 있었다. 구체에 손을 얹은 채 말하는 대로 비공정이 움직이기 시작하자 묘한 재미를 느꼈다.

"앞으로 가봐요. 앞으로!"

리타는 비공정이 천천히 떠오르며 앞으로 이동하자 꺅 소리를 내지르며 즐거워했다. 인간의 가장 원초적인 꿈이 바로 하늘을 나는 것이었으니 리타 역시 꿈을 이룬 인간의 환희를 유감없이 드러냈다.

―레알리스! 어디로 나갈 수 있는 거지?

거대한 공동으로 이루어진 주기고는 어디에도 나갈 수 있는 통로가 보이지 않았다.

　─제가 인도하는 곳으로 이동하십시오.

　─그러지.

　이안은 레알리스가 불빛으로 인도하는 방향으로 비공정을 이동시켰다. 주기고의 맨 끝으로 이동하자 그곳은 다른 곳과는 다르게 천장에 구멍이 수직으로 뚫려 있었다.

　"위로! 올라가라!"

　조종을 조금만 잘못해도 바로 벽에 부딪히게끔 되어 있어서 조종구에 대고 있는 손아귀에 절로 힘이 들어갔다. 간신히 통과하여 위로 솟구쳐 올라자 레알리스가 주기고를 열었다.

　구구구구구구구궁!

　진동을 일으키며 천장이 열리고 쏟아져 내릴 듯한 밤 하늘의 별들이 눈에 들어왔다.

　"이야! 밖이다. 밖이에요, 백작님!"

　리타는 밖으로 나왔다는 것이 기쁜지 팔짝팔짝 뛰며 호들갑을 떨었다. 그러나 기쁜 것은 이안도 마찬가지였는데 마법을 사용할 수 없는 상황인 탓에 자신도 탈출하는 것을 걱정하고 있었기 때문이었다.

　'이곳은 왕궁이 있는 뒤쪽 바위산들의 중앙이로군.'

　왕성은 내성과 외성으로 나뉘어져 있었는데 외성은 바위산을 깎아 만든 내성의 아래쪽에 넓게 퍼져 있었다. 그곳은

성 안이라고 칭하기에도 뭐한 곳이지만 외성의 안이라고 칭할 뿐이었다. 그러나 내성은 난공불락의 요새였는데 거대한 바위산 지형의 절반 정도를 깎아서 만든 곳이었다. 그 나머지 절반의 바위산 지형의 중앙에서 나온 것이었다.

"인비지빌리티 가동!"

후웅! 웅! 웅! 웅! 웅!

비공정의 마나 코어에서 마력이 뿜어지고 곧바로 비공정이 투명하게 변했다. 순식간에 두 사람의 모습마저 감춰지자 리타의 뾰족한 음성이 고막을 찔렀다.

"꺄악! 이, 이게 어떻게 된 거예요. 꺄아악!"

아무것도 보이지 않는 상황이 되자 허공에 자신만 둥둥 떠 있는 시각적인 효과에 비명을 질러대는 거였다.

"진정해. 투명화 마법이 걸렸을 뿐이니까."

"마, 마법이요? 흐끅!"

마법이라는 말에 조금은 진정이 됐는지 비명을 지르지는 않았지만 여전히 무서워하는 것은 마찬가지였다. 수백 미터 상공에 둥둥 떠서 움직이고 있는데 발밑으로 아래가 고스란히 보이는 것은 시각적인 공포를 극대화 시켰기 때문이었다.

"자! 그럼 한 번 날아 볼까. 날아라! 날아!"

이안은 호기롭게 외치며 비공정을 빠르게 움직였다. 투명화 마법이 유지되는 시간은 고작해야 10분 정도였으니 그 안에 다시 주기고 안으로 돌아가야 했다.

"으음… 두 사람은 어디로 간 거지?"

아레스 왕자는 잠에서 깨어나자 이안과 리타가 사라진 것을 알 수 있었다. 넓은 공동은 뻥 뚫려 있어서 머물고 있는 사람들의 파악이 쉬운 탓이었다. 다른 이들은 그대로 잠에 취해 있었는데 유독 두 사람의 자리만 비어 있었다.

"일어나셨군요, 저하!"

에고가 장착된 가디언인 쥘베른을 연구하느라 여념이 없던 이실리스 후작도 잠에서 깨어나서 아레스 왕자에게 인사를 건넸다.

"후작께서도 편히 주무셨습니까?"

이실리스 후작은 작위를 떠나서 그 나이가 100세에 이른 노인이었다. 그런 이에게는 국왕이라고 해도 함부로 말을 하지 못했다. 그러니 왕자의 신분에 불과한 아레스도 경어를 사용하며 그를 대우했다.

"허허! 늙은이가 잠이 없는 것은 익히 아는 사실 아닙니까."

"그래두요. 하하!"

아레스 왕자는 이실리스 후작의 건강을 염려했다. 이곳으로 들어오면서 가지고 온 식량도 거의 바닥을 드러냈기에 이실리스 후작의 고령을 생각하면 걱정이 앞서는 것은 어쩔 수 없었다.

"그런데 무슨 일이 있으십니까?"

"별것 아닙니다. 저기 있던 두 사람이 없어서 말이지요."

아레스 왕자가 가리킨 곳을 바라 본 이실리스 후작은 그곳에 있던 이가 누구였는지 기억을 더듬었다. 그러나 마법 외에는 관심이 별로 없었던 탓에 누구였는지 기억이 나질 않았다.

"이안 백작이 없습니다."

"아! 그 친구가 어디를… 이런!"

이 공동은 왕가의 비처로 알고 있었다. 외부에는 무덤이라 알려졌지만 비처라는 것을 이곳에 들어와서 알게 된 것이었다. 그러니 입구도 단 하나뿐인 곳이었고 이 자리에 없다면 두 사람만 입구를 뚫으려고 위험을 자처하고 있다는 뜻이 된다.

"신이 가보겠습니다. 저하!"

이실리스 후작은 입구를 포위하고 있는 다아크 공작의 병력과 악전고투를 벌이고 있을지 모르는 이안을 돕기 위해 자신이 나서기로 했다. 7클래스의 마도사인 자신의 힘이라면 강력한 도움이 될 것이라 여겼다.

"그러실 필요 없습니다, 후작님!"

"오! 어디를 갔다 오는 겐가? 잠도 안 자고 말이야."

이실리스 후작은 입구 쪽이 아닌 열리지 않는 통로가 있는 방향에서 오는 이안을 보고 반가움과 의문을 동시에 드러냈다.

"탈출할 방법을 찾았습니다."

"방법을 찾은 겐가? 어떻게 말인가?"

이실리스 후작은 탈출 방법을 가지고 돌아 온 이안에게 황망히 달려가 물었다. 그것은 아레스 왕자도 마찬가지였는데 그 역시 이안이 어서 이야기해 주기를 바랐다.

"저 아가씨 덕분이었습니다."

"저 아가씨라니… 흠음……."

이실리스 후작은 이안이 가리키는 리타가 우물쭈물하는 모습을 보이자 영 미덥지 않다는 반응을 보였다. 도둑길드의 사람이었고 이곳으로 이안을 유인한 사람이라 들었기에 다들 배척하는 분위기였던 것이다.

"그녀가 리하르트 왕가의 후손이었습니다."

이안의 말에 아레스 왕자와 이실리스 후작의 눈이 동시에 크게 떠졌다. 아레스 왕자는 이곳이 리하르트 왕가의 마지막 안배가 묻혀 있는 곳임을 알고 있었기에 더욱 놀랐다.

10장

체이스 제국으로.

　이안은 레알리스를 자신의 소유로 만든 것을 어떻게든 숨
겨야 한다는 것에 골치를 썩였다. 그러다 생각해 보니 리타를
전면에 내세우면 된다는 것을 떠올렸다. 리타가 리하르트 왕
가의 마지막 왕녀의 후손이었으니 누구도 의심하지 않을 것
이었다.

　"저 인장은 리하르트 왕가의 마지막 왕녀였던 브리타니아
님의 것입니다. 그녀는 그 후손으로 이 던전의 권리를 승계했
습니다."

　"허허… 그런 일이……."

"그, 그렇군요. 리하르트 왕실의 후손이라니……."

아레스 왕자는 가디언들에 대한 욕심이 상당했었다. 비록 부친인 락토르 국왕이 제정신이 아닌 탓에 권한을 사용하지 못했지만 그 강력한 힘과 에고 시스템은 욕심을 불러일으킬 만한 것들이었다.

"그녀가 지닌 인장으로 다른 두 곳을 들어갈 수 있었습니다. 그리고 그곳에서 비공정을 찾았습니다."

"헉! 비공정을 말인가? 어딘가? 어디에 있냔 말일세."

이실리스 후작은 비공정이라는 말에 지금 당장에라도 달려갈 기세였다. 비공정을 만드는 것에 사용된 마법진만 연구해도 자신의 앞길을 막고 있는 8클래스의 벽을 뚫을 수 있을 거라는 희망에 부풀었다.

"잠시 기다리십시오. 곧 보게 될 거니까요."

"아아… 내가 먼저 가서 보기만하면 안 되겠나?"

"후작님의 마음은 알지만 선후가 바뀌어서는 곤란합니다."

이안은 어린아이와 같은 호기심과 연구에 대한 열의로 똘똘 뭉친 이실리스 후작을 살짝 책망하듯이 달래며 아레스 왕자에게 시선을 돌렸다.

"비공정을 실험해 봤는데 이곳에 있는 인원은 충분히 탈출할 수 있을 정도였습니다."

"그럼 어서 갑시다. 이곳은 더는 있기 싫어서 말이요."

아레스 왕자는 던전의 마스터 권한도 리타라는 아가씨에게 넘어갔으니 더는 미련이 없었다. 다만 비공정을 비롯한 가문이 왕가로 발돋움하는 역할을 해주었던 던전의 권한을 지닌 그녀를 반드시 자신의 편으로 만들어야겠다는 생각만 스치듯이 가졌다.

"알겠습니다. 바로 준비하시지요."

이안의 말에 아레스 왕자는 자리에서 일어나 아직 잠에서 깨어나지 않은 사람들을 깨웠다. 그리고 황망한 와중에도 탈출할 수 있다는 말에 사람들은 바지런을 떨며 주변 정리에 들어갔다.

"이안 백작!"

"말씀하십시오."

"저 그 비공정 말일세."

"다 같이 가면 계속 보게 되실 겁니다. 그러니……."

"아니 그게 아니고 말이야. 비공정에 저 기간트를 실을 수 있을까 해서 말이지."

이실리스 후작이 가리킨 것은 3구역의 입구쪽에 대기하고 있는 가디언들이었다. 그중에서 에고가 장착된 10기의 쵤베른을 비공정에 실어서 가지고 가고 싶은 것이었다.

'에휴… 누가 마법사 아니랄까봐… 쯧!'

이실리스 후작은 쥘베른에 심어져 있는 에고 시스템을 연구하고 싶은 마음이 하늘을 찔렀다. 아직 자신의 실력으로는 만들 수 없는 에고 시스템을 연구하다 보면 더 높은 경지로 올라설 수 있지 않을까 하는 마음이 큰 탓이었다.

"당장 탈출해야 하는데 이 인원이 다 탈 수 있을지도 의문입니다. 그러니 저건 포기하십시오."

"그, 그런가… 하아… 아쉽구만. 아쉬워."

이실리스 후작은 애처로운 눈빛으로 쥘베른을 하염없이 쳐다보았다.

'아무리 그래도 내 것을 넘겨줄 수는 없지.'

이안은 자신의 소유가 된 귀중한 물건을 이실리스 후작에게 넘겨주고 싶은 마음은 없었다. 나중 일이 어떻게 될지 알 수 없으니 락토르 왕가가 적이 될 수도 있으니 말이다.

"준비가 끝났습니다. 가시지요."

아레스 왕자의 호위 기사가 다가와 준비가 끝났음을 알렸다. 준비라고 할 것도 없는 열악한 수준이었기에 채 30분도 안 돼서 마칠 수 있었다.

"저, 저기요."

"응? 왜?"

이안은 자신의 팔을 흔들며 똥 마려운 강아지처럼 서 있는 리타가 왜 그러고 있는지 몰라 뚱한 표정을 지었다.

"비공정도 제 소유라고 말씀하셨잖아요?"

"맞아. 네가 내 소유니까 비공정 정도는 네 소유로 해도 상관없지."

"부담스러워요. 왕자님도 갑자기 친절하게 굴고… 막… 아무튼 그래요."

"큭! 아레스 왕자가 친절하게 구는 것이 부담스럽다는 거냐?"

"그럼요. 왕자님인데요."

리타는 아레스왕자가 멀리서 바라보고 있는 것을 힐끗 쳐다보며 안절부절 못했다. 도둑길드의 손에서 자라나 온갖 풍파를 이겨내고 살아온 그녀지만 어떤 면에서는 소녀 같은 감성이 폭발하는 모양이었다.

"후후! 왕자 별거 아냐. 나라 망하면 거지 되는 거 순식간이니까."

"네? 아… 어떻게 그런 말을……!"

"지금 딱 망하게 생긴 거 모르냐? 왕자가 아니라 예비 거지라고 생각해. 그럼 편할 거다."

"킥! 알았어요. 호호호!"

예비 거지로 생각하라는 말에 리타는 멀리서 손을 흔드는 아레스 왕자가 조금은 불쌍하게 보였다. 그래서인지 부담감이 사라지고 얼마든지 편안하게 대할 수 있을 것 같았다.

"가자!"

"넵!"

리타를 데리고 비공정이 있는 곳으로 이동하자 아레스 왕자를 비롯한 사람들은 2구역에 쌓여 있는 무구들을 보고 눈을 동그랗게 떴다. 10만 명은 족히 무장시킬 수 있는 양질의 무구들이 너무도 잘 보존되어 있다는 것에 놀란 것이다. 수천만 골드의 값어치를 지닌 그 무구들을 그대로 두고 가야 한다는 아쉬움을 토로하는 것을 보며 이안은 피식 웃고 말았다.

'남의 것에 탐을 내면 곤란하지. 다 내 새끼들 무장시킬 무구들인데 말이야.'

그런 생각을 하며 아레스 왕자를 힐끗 쳐다보니 그가 리타를 바라보는 시선이 확연하게 달라져 있는 것을 알 수 있었다. 비공정도 그렇지만 쌓여 있는 무구들의 값어치가 더해지니 리타의 몸값이 몇 배는 더 폭등했다는 것을 말이다.

"저겁니다."

"오! 비공정… 비공정이라니!"

이실리스 후작은 100세 노인이 맞나 싶을 정도의 속도로 비공정을 향해서 달려갔다. 앞에 도착하자마자 비공정의 선체에 새겨져 있는 마법진들을 살피며 마법진 연구 삼매경에 빠져들었다.

"비공정이 있다는 말은 들었지만 눈으로 보는 것은 처음이오."

아레스 왕자는 비공정을 보며 놀랍다는 듯한 감정만 드러냈다. 욕심을 드러냈다면 오히려 인간적인 반응이라 여겼을 것이지만 조금은 의외의 반응이었다.

"타시죠."

"그럽시다."

아레스 왕자는 이안의 안내를 받아 비공정에 올랐다. 호위 기사들은 조심스럽게 락토르 국왕을 들 것에 실어서 옮기고 왕비와 공주가 그 뒤를 따랐다.

'좁긴 좁구나. 60명이 넘게 타니⋯⋯.'

30명 정도가 정원인 비공정에 60명이 넘게 오르니 시장 바닥을 연상하게 만들 정도로 발 디딜 틈이 없었다. 별수 없이 국왕을 비롯한 왕가의 사람들만 선실로 내려보내서 어느 정도 공간을 확보해야 했다.

"이안 백작! 어서 비행을 해보게. 어서!"

비행 준비가 끝나갈 무렵 선체의 외장부에 각인된 마법진을 확인한 이실리스 후작이 조종석으로 와서 채근했다. 그의 호기심을 충족시켜주기 위해서라도 비행을 해야 할 판이었다.

"그럼 갑니다. 비행!"

후웅! 웅! 웅! 웅! 스르르릇!

마나 코어의 격한 반응을 시작으로 비공정이 공중으로 날아올랐다. 사람들은 갑자기 몸이 떠오르는 듯한 느낌을 받자 자세를 낮추며 놀란 눈을 치떴다.

"으하하하! 정말로 공중으로 날아오르는구나. 놀랍구나 놀라워. 으허허허!"

이실리스 후작의 기분 좋은 웃음소리를 시작으로 사람들은 이 지긋지긋한 곳을 나간다는 확신이 들자 와자지껄 떠들며 웃음을 터뜨렸다.

―레알리스!

―말씀하십시오.

―내가 이 던전을 빠져나가면 왕궁 쪽에서 들어오는 입구를 막아버리도록 해.

―봉쇄만 합니까? 아니면 아예 봉인을 합니까?

―봉쇄면 족하겠지. 그 누구도 입구를 통과하지 못하도록 하면 된다. 그럼 나중에 보자고.

―즐거운 여행이 되시길 바랍니다, 마스터!

이안은 레알리스에게 던전의 입구를 봉쇄하라는 마지막 명령을 내리고 던전을 빠져나왔다. 비공정은 어슴푸레 밝아오는 동쪽 하늘로 비상하고 남쪽의 왕궁이 멀리서 내려다보이는 곳까지 올라왔다.

"동북쪽으로 전속 전진!"

이안은 조종관의 마나를 움직여 동북쪽의 헬카이드 산맥이 있는 곳을 목표로 삼고 전속으로 비행했다. 1,000킬로미터가 넘는 머나먼 곳이지만 비공정의 속도를 생각하면 반나절이면 충분히 돌아갈 수 있을 것이었다.

뿌웅! 뿌웅! 뿌웅!

갑작스러운 경보 발령에 독립여단의 병사들은 미친 듯이 병장기를 꼬나쥐고 연병장으로 뛰쳐나왔다. 로크 제국의 침공과 다아크 공작의 사건으로 인해서 비상령이 하달된 상태에서 터진 경보이니 모두는 초긴장 모드가 되어 있었다.

"무슨 일이야?"

"적이 쳐들어 온건가?"

"저, 저길 보라고. 저길!"

병사들은 연병장에서 누군가가 외치는 것에 그의 손길을 따라 시선을 돌렸다.

"헉! 배가 하늘을 날아?"

"뭐, 뭐야. 어떻게 저럴 수가 있는 거야!"

병사들은 비공정이라는 것을 알지도 못하는 자들이 대부분이었다. 그러니 하늘을 날아오는 비공정을 보고 경악성을 터뜨리는 것이었다.

"전군 마동포를 준비하라!"

독립여단의 지휘는 이안이 없을 경우 전적으로 맥컬리의 지휘를 받았다. 맥컬리는 친구이자 독립여단의 주장인 이안의 부재시에 비공정이 다가오자 심장이 요동치는 것을 느꼈다.

'로크 제국의 비공정인가? 격추시켜야 할지 감이 오질 않네.'

맥컬리는 비공정이 로크 제국에도 단 2대뿐이라는 것을 알고 있었다. 황제와 그 일가만이 사용할 수 있는 그 비공정이 지금 자신이 지키고 있는 곳으로 날아오는 것이다.

"대령님! 정말 격추시킬 생각이십니까?"

노예병이지만 전직 1군단 소속의 출신의 장교가 다급한 목소리로 물었다. 비공정을 격추시키는 것은 문제가 아니지만 그럴 경우 로크 제국의 황실 사람이 타고 있으면 아주 제대로 똥을 밟는 셈이었다.

"지금은 적이다. 마동포 발사 준비!"

맥컬리의 외침에 마동포병들이 일제히 발사각을 조율하며 비공정을 정조준했다.

"1번 포대, 발사 준비 완료!"

"2번 포대……!"

속속 발사 준비가 완료됐다는 보고가 들어오자 맥컬리는

우선 위협 포격으로 비공정이 돌아가기를 바라며 명령했다.

"1번 포대와 2번 포대는 위협 포격을 가하라. 절대 맞춰서는 안 된다. 발사!"

"1번 포대, 발포!"

"2번 포대……!"

콰앙! 쾅! 슈아아아앙!

강렬한 포격음과 함께 두 대의 마동포에서 검은 철환이 공중으로 날아올랐다. 거리가 아직 제법 멀기에 맞출 수는 없겠지만 위협을 가하는 것에는 충분했다.

'이런! 미리 연락을 했어야 했거늘!'

이안은 비공정을 타고 날아오다 독립여단의 주둔지에서 마동포의 포격이 이루어지자 아뿔싸 하며 이마를 짚었다.

"내가 돌아왔다. 독립여단은 포격을 멈춰라! 다시 한 번 말한다! 내가 돌아왔다!"

이안이 마나에 목소리를 실어 우렁찬 외침을 토했다. 그러자 포격을 가하며 전투태세를 갖췄던 독립여단의 주둔지에서 웅성거리는 모습이 보였다.

"다행이 알아들은 모양이네. 에휴!"

한숨을 내쉬며 조종관을 움직여 대연병장으로 비공정을 몰았다. 천천히 움직이는 비공정은 자연스럽게 대연병장에 내려앉았다.

스르르르! 쿠웅! 쿠쿵!

마지막에 살짝 실수를 하긴 했지만 그 정도면 두 번 몰아본 솜씨치고는 제법이라고 할 수 있었다.

"여단장님이시다. 전군 차렷!"

이안이 제일 먼저 비공정에서 내려지는 나무 계단에 모습을 드러내자 처음 본 장교의 우렁찬 외침이 토해졌다. 그에 맞춰서 독립여단의 병사들은 일제히 부동자세를 취하며 여단장의 귀환에 예를 갖췄다.

"여단장님께 대하여 군례!"

"추웅!"

우렁찬 군호 소리가 여단 주둔지를 뒤흔들고 이안은 병사들의 군기가 바짝 든 모습에 반가운 미소를 지었다.

"국왕 전하와 왕실 가족분들이 오셨다. 모두 대오를 정돈하라!"

"이안… 뭐라고?"

맥컬리는 이안이 온 것에 반가운 마음으로 달려왔다가 날 벼락을 맞은 표정이 되어버렸다. 난데없는 비공정에 이어 국왕 일가를 데리고 온 것이니 말이다.

"나중에 이야기 해주마. 어서 준비해!"

"아, 알겠습니다. 여단장 각하!"

빠드득 소리가 날 정도로 이를 갈아 붙인 맥컬리의 주도로 대오를 갖춘 독립여단은 들 것에 실려서 내려오는 국왕과 그 일가를 맞이할 수 있었다.

목표를 이룬 이안은 국왕 일가를 독립여단에 곱게 모셔두고 왕성에 다시 한 번 다녀와야 했다. 이끌고 갔던 병력을 도로 귀환시켜야 했기 때문이었다.

스스스스슷!

유령처럼 움직이는 이안의 신형은 어느새 수백 미터가 넘는 암벽들을 타고 왕성이 있는 곳으로 향했다.

'외성은 고요하군. 아무런 징후도 느껴지지 않는 것을 보면.'

보초를 서는 병력은 평소보다 많았지만 그뿐이었다. 딱히 전투태세라고 보기에는 방만한 모습이 역력했다.

'일단 상단 건물로 가야 한다. 샐리 일행을 데리고 가야 하니까.'

병력의 철수도 중요했지만 그보다는 샐리 일행의 탈출 역시 무조건 해내야 할 일이었다. 자신이 아직 던전 안에 있는 것으로 알고 있는 다아크 공작이 방심하고 있는 틈을 노려서 전격적으로 해내야만 했다.

철컹! 철컹! 철컹!

규칙적으로 울리는 쇳조각 부딪치는 소리에 이안은 외성

을 넘어섰다가 자세를 바짝 낮췄다. 들켜서 사달을 만들어봤자 이득이 될 것이 없었다.

"정신 바짝 차리고 경계해. 언제 국왕 전하를 시해한 놈들이 다시 잠입할지 모르니까."

"염려 마십시오, 기사 나으리!"

기사라는 자가 한 말이 이안의 귀를 의심하게 만들었다. 국왕을 시해한 놈이라니 무슨 영문인지 모르겠다는 생각이었다. 그러나 이내 대강의 추리를 해낼 수 있었는데 바로 다아크 공작이 무리수를 둔 것으로 보였다.

'그 자가 나를 국왕의 시해범으로 몰았군. 어차피 던전은 뚫고 나올 수 없다고 자신할 테니까 말이야.'

자신과 국왕 일행이 던전 안에서 고사되어 죽을 것이라 믿은 그가 국왕이 시해됐다고 퍼뜨린 모양이었다. 그리고 그 범인이 이안 폰 레이너 백작, 왕국의 영웅이었던 자라고 말이다.

'후후후! 아주 재미있게 일이 돌아가네. 이제 어떤 협잡으로 이 땅을 뒤흔들지 궁금해지는군.'

이안은 비릿한 조소를 입가에 지은 채 다시 신형을 날려 내성을 향해서 달려갔다.

'이런!'

이안은 상단 건물이 있는 곳에 거의 도착했을 무렵 어둠을 뚫고 포위하듯이 건물로 향하는 병력을 발견했다. 기사들과 근위병들로 이루어진 무리로 적어도 연대 규모의 병력이 사방에서 모여들고 있었다.

'샐리 일행이 위험하다.'

샐리와 정보길드의 사람들은 자신을 기다리고 있었는데 도주를 할 예정이라 모든 것을 정리했을 가능성이 컸다. 그런데 저렇게 갑작스러운 기습을 받는다면 싸워보지도 못하고 지리멸렬할 것이었다.

"마법 사용 불가가 정말 짜증나는군."

자신도 모르게 소리를 내어 독백한 이안은 인상을 찡그리며 건물의 지붕과 지붕 사이를 건너뛰었다. 인간이라면 뛰어넘을 수 없는 거리를 한달음에 주파하는 그는 병력이 진군하는 것을 무사히 지나쳐 상단 건물로 내려설 수 있었다.

"누구냐!"

지붕에도 경계를 하는 상단 소속 검투 노예가 바짝 긴장한 채 검을 겨눴다.

"상단주다. 샐리는 어디 있나?"

"자, 잠시만 기다리십시오."

상단주라는 말에 긴장하며 다가 온 검투 노예는 이안의 얼굴을 확인하자 넙죽 엎드리며 대답했다.

"샐리 님은 지금 집무실에 계십니다."

밤이 늦어 잠이 들어야 할 시간임에도 비상 대기를 하고 있는 모양이었다.

"적들이 몰려들고 있다. 모두 내려가서 대기하라고 전하라."

"적들이 말입니까? 아, 알겠습니다."

적들이 온다는 말에 검투 노예는 올 것이 왔다는 표정이었다. 어차피 샐리에게 검투 노예로 종속된 이상 목숨을 걸고 주인인 그녀를 지키기 위해 싸워야 할 것이었다.

"샐리! 샐리!"

이안은 아래로 뛰어 내려가며 샐리를 찾았다. 1초라도 빨리 그녀를 만나서 이곳을 빠져나갈 방법을 모색해야만 하기 때문이었다.

"주군! 여기예요."

샐리는 이안의 목소리가 들리자 집무실을 박차고 나왔다. 이안이 던전으로 들어가서 소식이 끊긴 시간 동안 잠도 자지 못하고 촉각을 곤두세워서인지 두 눈은 붉게 충혈되어 있었다.

"적들이 몰려온다. 이곳을 탈출해야 해."

"아……."

짧은 탄식에 서글픈 표정이 되어가는 샐리를 보며 이안은 그녀가 슬퍼하는 이유를 알 수 있었다.

'정보원들이 모두 제거된 것이겠지. 그렇지 않고서야 적들이 몰려드는 것을 모를 수가 없을 테니.'

정보길드를 왕성에 세우느라 들인 노력과 자금이 만만치 않았다. 그런 노력들이 모두 사라지게 된 것이니 조금은 마음이 쓰라렸다.

"시간이 없다. 탈출로는 있나?"

"물론이에요. 가요!"

샐리는 박수를 요란하게 쳐서 사람들의 이목을 끈 후 곧바로 외쳤다.

"지하 창고로 내려가라. 이곳을 탈출해야 한다!"

"명!"

우렁차게 대답하는 길드의 사람들이 질서정연하게 지하 창고를 향해 달렸다. 모든 인원들이 샐리를 따라 내려가자 그녀는 지하 창고의 한쪽을 가득 메우고 있는 오크통들이 있는 곳에서 횃불이 꽂혀 있는 대를 잡아 당겼다.

드릉! 구구구구구궁!

오크통으로 막혀 있던 벽이 옆으로 돌아가며 어두운 지하 동굴이 모습을 드러냈다.

"이곳을 빠져나가면 왕성의 밖이에요. 어서 가요."

"그러지."

이안은 꼼꼼하게 준비를 해놓은 샐리의 준비성에 혀를 내

둘렀다. 이런 준비까지 꼼꼼하게 해놓은 것을 보면 지난 쓰디쓴 경험이 그녀를 크게 키워놓았음을 알 수 있었다.

"길이 두 개? 어디로 가야 하지?"

선두에 서서 걷던 관계로 갈림길에서 이안은 샐리에게 질문을 던졌다. 그러자 샐리는 왼쪽을 가리키며 이안에게 차분히 설명했다.

"좌측 길을 따라가면 외성 밖의 농가예요. 그곳에서 탈출하시면 돼요."

"응? 샐리는 같이 안 가려고?"

"저는 왕성에 남을 거예요."

이안은 왕성에 남는다는 샐리를 보고 뭔가 알 수 없는 미묘한 감정을 느꼈다. 남게 된다면 온갖 위험을 감수해야 할 것이 불을 보듯 뻔했기 때문이었다.

"저마저 떠난다면 조직은 모두 붕괴되고 말아요. 그럼 이곳의 정보를 얻지 못하게 되고요."

"하지만 네 안전이 최우선이야."

"호호! 걱정하지 마세요. 전 안전할 테니까요."

"끄응……."

이안은 샐리의 고집을 꺾을 수 없다는 것을 느꼈다. 그녀의 눈에는 꺾을 수 없는 고집이 엿보였고 표정은 그 어느 때보다 평온했기 때문이었다.

"자주 연락드릴게요. 그러니 걱정하지 마세요, 주군!"

"미안하다. 이 말밖에는 할 게 없네."

"호호! 제 가족들이나 잘 부탁드려요. 그럼!"

자신의 등을 떠미는 샐리의 손길을 느끼며 이안은 지금의 결정을 후회하게 될지도 모르겠다고 생각했다. 그러나 지금은 샐리의 결정을 존중해야 할 때였다. 왕성의 정보가 꼭 필요한 시기이기 때문이었다.

"나중에 보자고. 꼭!"

이안이 그렇게 말을 남기고 돌아서자 샐리는 희미한 미소를 지으며 손을 흔들었다. 그렇게 이안과 대부분의 길드원들이 떠나고 미리 이야기한 10여 명의 사람들과 함께 샐리는 우측의 길로 발길을 돌렸다.

"폭파해!"

"네, 길드장님!"

늙수그레한 길드원 하나가 마법 스크롤을 찢어서 자신들이 나왔던 통로를 향해 던졌다.

"곧 터진다. 피해!"

우르르 달려가는 샐리와 일행들이 사라질 무렵 강력한 폭발음과 함께 동굴이 무너져 내렸다.

쾅!

"뭐라 했느냐? 모두 도주하고 아무도 없다?"

"그렇습니다, 각하!"

"이런 버러지 같은 놈들 같으니!"

다아크 공작은 이안의 부하들로 추정되는 샐리와 그 일당들을 모두 잡아 들이라고 명했었다. 그녀들을 잡으면 혹 이안이 투항하는 시기를 더 앞당길 수 있을까 싶었던 것이었다.

"어디로 사라졌는지 찾았느냐?"

"그것이… 알 수 없었습니다."

"허어! 이런 버러지 같은 놈들. 당장 나가거라. 당장!"

"네? 넵!"

왕성 치안대장을 맡고 있는 다아크 공작의 휘하 귀족은 이마에 흥건히 흘러내리는 땀을 닦으며 물러났다. 그러자 홀로 남게 된 다아크 공작은 아무도 없는 곳을 향해 싸늘한 외침을 토했다.

"당장 놈들이 도망간 곳을 찾아라. 당장!"

—명을 받들겠습니다.

대답만 남기고 다시 사라져 버린 인기척에 다아크 공작은 분을 삼키며 입술을 질겅질겅 씹어댔다.

"으득… 가논은 무슨 수를 써서라도 구해내야 하는데… 이안 레이너… 이놈!"

가논이 포로로 잡혀 있는 것이 다아크 공작의 유일한 약점이 되어버렸다. 그가 만에 하나라도 입을 열게 된다면 자신은 국제 사회의 지탄을 한 몸에 받게 될 것이었다. 그리고 그것은 자신의 주군인 크리스토퍼 대공의 대계를 망치는 길이 될 것이기에 분노를 참을 수 없었다.

'차라리… 던전을 폭파시켜 버리는 것이 좋겠어. 그러면… 그 누구도 살아서 나올 수 없을 것이니 말이야.'

어차피 이안 레이너가 락토르 국왕을 암살했다는 거짓을 퍼뜨린 후였다. 그러니 던전을 폭파시켜서 매장시켜 버린다면 붙잡혀 있는 가논 역시 영원히 입을 다물게 될 것이었다.

"게 누구 없는가!"

다아크 공작이 버럭 소리를 지르자 밖에서 대기하고 있던 호위 기사가 잰걸음으로 달려왔다.

"부르셨습니까!"

"당장 모할레스 후작에게 지하 묘역을 폭파시키라고 전하라. 내 명령이라고 말이야!"

"지하 묘역을 말씀이십니까? 하오나 그곳에는……."

"닥쳐라! 국왕께서는 이안 레이너 그 악적에게 당하여 서거하신 거야. 그러니 그놈을 묻어버리는 것도 충성을 다하는 것임을 명심하라!"

"추, 충!"

기사는 충성을 다하는 길이라는 다아크 공작의 일갈에 고

개를 숙인 후 곧장 밖으로 달려 나갔다. 그가 사라지자 다아
크 공작은 싸늘한 미소를 지으며 독기 어린 눈빛을 뿜어냈다.

"회의를 시작하겠소."

아레스 왕자의 주관 하에 독립여단의 대회의실에서는 난
국을 타개하기 위한 대책 회의가 열렸다. 주 참관자는 아레스
왕자와 이실리스 후작, 독립여단의 주요 지휘관들과 2군단에
서 온 그레그 소장과 주요 장군들이었다.

"현재까지의 상황 보고를 해주시오."

아레스 왕자의 말에 안드레아가 조용히 일어나 한쪽으로
걸어 나갔다. 그곳에는 커다란 락토르 전도가 걸려 있었는데
붉은색과 푸른색, 그리고 검은색으로 표기된 깃발들이 요소
요소에 꽂혀 있었다.

"전도를 보시면 이곳이 독립여단의 주둔지인 헬카이드 산
맥 남단입니다. 독립여단 병력 1만과 이안 폰 레이너 백작 각
하의 사병 2만을 합하여 3만이 주둔 중입니다."

푸른색 깃발이 3개 꽂혀 있어서 모두가 다른 곳의 상황도
유추할 수 있었다.

"서남쪽이 윈터폴 요새고…병력은 7만 명인가?"

"그렇습니다. 저하!"

"흐음… 왕성에 붉은 기는 다아크 공작의 병력일 테고 4만

이라… 그 주변의 푸른 깃발은 내 외할아버지의 군대겠군."

"맞습니다. 회의가 끝나는 대로 연락을 취하여 저 군대도 합류시켜야 할 것입니다."

무려 5만의 귀중한 전력이었다. 그들이 다아크 공작의 군대와 싸운다면 북서쪽에서 내려오고 있는 10만의 공작군에 포위되어 섬멸될 것이 뻔했다.

"보시면 아시겠지만 다아크 공작의 군세는 15만입니다. 거기에 크리스토퍼 대공이 몰고 오는 군대가 20만. 총 35만의 적을 상대로 싸워야만 합니다."

"35만이라… 으득!"

아레스 왕자는 락토르를 집어 삼키기 위해 크리스토퍼 대공이 협작질을 한 것에 이를 갈았다. 헥토르 후작과 1군단만 남아 있었어도 충분히 자웅을 결할 수 있는 병력이 남아 있었을 것이니 말이다. 다아크 공작이 부왕을 부추겨서 헥토르 후작과 1군단의 반란을 유도한 것이 이런 상황을 만들기 위함이라는 것이 뼈아팠다.

"현재 아군이라고 칭할 수 있는 전력은 10만이고 플랑드르 후작 각하의 병력이 합류한다면 15만입니다. 방어는 할 수 있지만 선공은 무리입니다."

두 배가 넘는 적들을 상대로 싸워야 하니 선제공격은 절대 무리였다. 남부의 귀족들이 중립을 표방하고 손을 놓아버린 영향이 컸다.

"4군단은 어떻게 할 거 같소?"

"그건 제가 말씀드리지요."

"해보시구려."

그레그 소장은 4군단과 미리 의견을 주고받았었는데 그 결과를 아레스 왕자에게 이야기했다.

"그들은 리만 왕국을 막아야 하기에 남부 국경을 떠날 수 없다고 합니다."

"왕명이 내려져도 말인가!"

아레스 왕자의 분노에 그레그 소장은 씁쓸한 미소를 지으며 대답했다.

"리만 왕국군이 국경을 넘을 준비를 하고 있다는 첩보가 들어 온 모양입니다."

"허엇! 리만 왕국이 왜……."

말은 그렇게 해도 충분히 그럴 수 있는 나라가 리만 왕국이었다. 호시탐탐 중부의 풍요로운 곡창 지대를 탐하는 나라였기 때문이었다.

"별수 없군요. 체이스 제국으로 가서 담판을 짓는 수밖에."

모두는 이안이 한 말에 눈을 동그랗게 뜨고 그를 쳐다보았다.

"체이스 제국이 움직이면 리만 왕국도 행동을 멈출 겁니다. 그러니 체이스 제국이 아국을 돕도록 만들어야죠. 그 수밖에 없습니다."

모두는 이안의 의견에 동의할 수밖에 없었다. 지금 자신들이 살아남을 수 있는 유일한 방법이 그것뿐이기 때문이었다.

11장

담판을 짓조

이안은 체이스 제국으로 넘어가기 전에 데스블러드라고 칭해졌던 전염병에 대한 것을 확실하게 매조지하기로 했다. 그것이 확실해져야 체이스 제국도 전향적인 자세로 돌아설 것이라 믿었다.

"주군! 어서 오십시오!"

반갑게 달려 나오는 하얀 로브의 마법사 로이건은 한층 원숙해진 모습이었다.

"오랜만입니다, 로이건 자작님!"

이안은 로이건의 두 손을 잡고 신뢰 어린 미소를 지었다.

레이첼의 마법서를 통해서 6클래스를 완벽하게 터득한 로이건은 7클래스로 올라갈 수 있는 길을 조금씩 엿보고 있는 중이었다. 그래서인지 그가 이안에게 보내는 신뢰는 충직함 그자체였다.

"저야 주군의 배려 덕분에 매일이 즐겁습니다. 하하하!"

로이건의 넉살에 이안은 그저 흐뭇하기만 했다. 나이가 자신의 3배가 넘는 로이건이 저렇게 기뻐하니 덩달아 기분이 좋아진 것이다.

"아참! 주군께서 보내주신 그 물건은 정말 엄청난 물건이더군요."

"물건이라면… 아! 현미경을 말씀하시는 겁니까?"

"현미경이라면… 그것의 이름이 현미경이었군요. 하하! 아무튼 그것 때문에 전염병의 정체를 밝혀낼 수 있었습니다."

전염병의 정체를 밝혀냈다면 그 치료법도 알아냈다는 의미였다. 신성 마법으로도 치유가 안 되는 그 죽음의 병을 이겨낼 수 있다면 다른 나라들도 락토르 사태를 다른 시선으로 보게 될 것이었다.

"가시죠."

이안은 로이건을 따라 아레나의 던전으로 들어섰다. 그러자 흐릿한 신형이 미친 듯이 달려와 자신에게로 안겨드는 것에 환한 미소를 지었다.

"주이이인!"

넝마가 되어버린 로브를 입은 채 달려 온 에일리의 육탄 돌격을 유려한 솜씨로 빙글 휘돌리며 받아냈다.

"잘 있었느냐."

"주인 나쁘다. 에일리 혼자 두고. 씨이!"

에일리는 이안의 가슴을 두들기며 자신을 혼자 두고 간 것에 대한 원망을 토로했다.

"주인님은 나빠요. 에일리 언니가 매일 주인 나쁘다고 원망했단 말이에요."

케이트는 어느새 소녀에서 숙녀로 변모해 있었다. 수인족들의 성장이 인간보다 빠르다는 것은 알았지만 몇 달 사이에 이 정도로 폭풍 성장했을 줄은 몰랐었다.

'맑고 투명한 눈동자는 여전하군.'

고개를 끄덕이며 케이트의 투정까지 받아준 이안은 자신의 품에 매달려 킁킁 거리며 냄새를 맡는 에일리의 머리카락을 쓸어 넘겼다.

"이제 로브도 바꿔 입어야겠다. 이걸로 갈아입고 오너라."

에일리의 로브는 날카로운 발톱 때문에 여기저기 찢어진 곳이 많았다. 그 틈 사이로 언뜻언뜻 보이는 뽀얀 속살 때문에라도 로브를 갈아입게 해야 했다.

"우웅! 주인이 또 에일리한테 로브 줬다. 에일리는 기쁘다.

헤헤!'

에일리는 주인인 이안이 주는 것이라면 그것이 무엇이든지 기뻐했을 것이었다. 그중에서도 로브는 그녀가 이안에게 받은 첫 번째 선물이었기에 그 기쁨의 강도는 몇 배는 더 강했다.

"갈아입고 온다. 주인은 기다린다."

그렇게 말을 남기고 에일리는 다른 곳으로 사라졌고 훈훈한 미소를 짓고 있는 로이건은 '좋을 때다' 라는 독백을 흘리며 먼저 연구실로 떠났다.

"주인 에일리 왔다. 나 예뻐?"

빙글 한 바퀴 휘돌며 자신의 자태를 뽐내는 에일리는 이안의 칭찬을 기다렸다. 영락없는 주인의 칭찬을 기다리는 강아지의 모습이었다.

"아주 예쁘다, 우리 에일리!"

이안이 크게 칭찬을 해주자 에일리는 배시시 웃으며 이안의 품에 도로 안겨들었다. 그리고 계속해서 냄새를 맡으며 주인의 냄새라며 즐거워했다.

"이걸 보십시오."

로이건이 현미경을 내밀며 말하자 이안은 투명한 유리 스틱에 묻어 있는 액체를 확대한 것을 눈으로 확인했다.

"이것이 데스블러드입니까?"

"예. 고약하게 생긴 그것이 데스블러드의 샘플입니다."

포악하게 생긴 데스블러드의 세포가 먹이를 찾아 그대로 집어 삼키는 것이 고스란히 눈에 들어왔다. 혈액을 잡아먹는 것을 보니 기분이 좋지 않았지만 데스블러드의 정체를 파악할 수 있었다는 것만해도 크나큰 수확이었다.

"이것은 성수입니다. 데스블러드 샘플에 떨어트리겠습니다. 다시 보십시오."

성수를 샘플에 떨어트리자 데스블러드의 세포가 급격하게 위축되는 것이 보였다. 그리고 이내 소멸되며 샘플이 있던 유리 스틱은 평화로운 모습으로 변했다.

"성수에 소멸되는 것을 알 수 있을 겁니다. 그런데 이번 데스블러드라고 다아크 공작이 선언한 전염병의 샘플은 다릅니다. 보시죠."

로이건이 새롭게 세팅한 유리 스틱에 보이는 세포는 데스블러드와는 그 생김새부터 달랐다. 둥근 원형의 형태였던 데스블러드와는 다르게 올챙이의 모습처럼 생긴데다 그 끝이 뾰족한 가시들이 돋아 있는 형상이었다.

"성수를 떨어트려도 그놈들은 소멸되지 않습니다."

"으음… 그렇다면……."

"키메라입니다. 인위적으로 흑마법사 놈들이 만들어낸 생명체가 분명합니다."

키메라라는 말에 이안은 흑마법사들에 대한 분노가 치밀어 올랐다. 신성 마법에 대한 저항력을 잔뜩 키워놓은 키메라라면 어떤 방법으로도 퇴치할 수 없는 생화학 무기나 진배없었기 때문이었다.

"그 키메라들은 사람의 피와 만나면 급속도로 분열을 일으키며 숫자가 증가합니다. 일반적인 방법으로는 죽일 수도 없고 그렇게 늘어난 놈들이 계속해서 퍼져나가는 겁니다."

"으음… 치료… 아니, 키메라를 제거하는 방법은 있습니까?"

이안의 물음에 로이건이 자신있게 대답했다.

"물론입니다. 레이첼님의 연구 기록에서 해답을 얻을 수 있었습니다. 역시 레이첼님은 이 땅이 낳은 최고의 천재셨습니다. 하하하!"

프록시나 폰 레이첼, 천재 중의 천재라는 칭호가 아깝지 않은 대마법사가 이 땅을 위해 또 한 건 해냈다는 생각이 들었다. 마계의 포탈을 막기 위해 마지막 여생을 보냈던 그녀의 노고까지 더해져서 새삼 감사하는 마음이 들었다.

"전 이 시약에 프록시나라는 이름을 붙였습니다."

"프록시나라… 하하! 좋군요. 그 이름."

"이 시약은 키메라처럼 인위적으로 만들어내는 흑마법사들의 마법적인 힘을 분리시키는 힘이 있습니다. 저 샘플에 프록시나 한 방울을 떨어트리면… 됐습니다, 보시죠."

이안은 현미경을 다시 들여다보았다. 그러자 이전과는 다른 광경을 목격할 수 있었다. 프록시나가 키메라들에 닿기 무섭게 여러 개로 분리되는 광경을 말이다.

"그렇게 분리되면 아무런 힘도 발휘하지 못합니다. 인간의 저항 능력으로 충분히 이겨낼 수 있는 그런 나약한 놈이 되고 말죠. 뭐 감기 정도 걸린 거라고 보면 됩니다."

"하하하! 정말 대단히 수고 많으셨습니다. 로이건 자작님!"

이안은 로이건의 손을 잡으며 그가 이룬 대단한 일에 대한 치하를 격하게 했다. 정말 그가 아니라면 이 정도로 대단한 일을 해낼 수 있었을까 하는 생각에서였다.

"아닙니다. 모든 것은 다 주군의 배려 때문입니다. 오히려 제가 감사하지요. 하하하!"

겸연쩍어 하는 로이건 자작을 보며 이안은 이제 다시 시작이라는 자신감을 얻을 수 있었다.

마르틴 백작은 자신의 기간트인 아르고를 몰고 맹렬한 훈련을 거듭했다. 지난 싸움에서의 패배 아닌 패배를 당한 이후 복수의 칼날을 마음속에서 갈고 있는 것이었다.

기잉! 쿠궁! 콰드등!

거검을 휘둘러 적 기간트의 다리를 베어내고 방패로 위를 막는 유려한 동작이 빠르고 간결하게 이루어졌다. 그는 살짝 뛰어 오르며 뒤에서 공격하는 적의 움직임에 맞춰서 회피하는 동작을 끝으로 훈련을 마무리 지었다.

─탑승 해제!

후웅! 스팟!

"후아! 이 정도면… 흐흐흐!"

지난 싸움에서 자신에게 분노의 감정을 각인시켜 준 로크 제국의 라이딩 마스터인 카린 후작과 다시 싸울 날이 기다려졌다.

짝짝짝!

자신만이 사용할 수 있는 연무장에서 박수 소리가 나자 반사적으로 검을 뽑아 들고 소리가 난 곳으로 신형을 틀었다.

"네놈은!"

"오랜만입니다, 마르틴 백작님."

"오호라! 네놈이 죽고 싶어서 나를 찾아 온 게로구나!"

마르틴 백작은 카린 후작과 더불어 복수의 대상으로 꼽고 있는 이안이 자신을 찾아 온 것에 살심을 돋웠다.

"싸우면 이길 자신은 있습니까?"

이안이 마르틴 백작의 살기에 살짝 짜증이 난 목소리로 말했다. 그러자 마르틴 백작은 분노 어린 눈빛으로 이안을 향해 달려들었다.

쉬잇! 쉬쉬쉿!

롱소드에 맺힌 푸른 검기가 십여 개의 환영을 만들어 내며 이안의 전신을 노리고 쏘아져 들어갔다. 기간트 라이더 치고는 상당히 뛰어난 검술 실력이지만 그래봤자 최상급에 갓 들어선 실력이었다.

"상대를 봐가며 싸움을 걸어야 목숨을 구할 수 있는 법!"

거칠게 검을 뿌려내는 이안의 단순해 보이는 검세에 마르틴 백작의 검로가 모두 막혀 버렸다.

"큭! 마스터였던가?"

마르틴 백작은 검을 잡은 손아귀가 찢겨져 나갈 정도로 강력한 일검에 뒤로 튕기듯 물러나야 했다. 어린 나이에 마스터의 경지에 오른 숙적을 바라보는 마르틴 백작의 눈이 복잡해졌다.

"부탁이 있어서 찾아왔습니다."

이안은 검을 납검하고 정중한 어조로 마르틴 백작에게 말했다. 그런 모습에 마르틴 백작은 형언할 수 없는 두려움을 느꼈다. 숙적이라고 할 수 있는 자신에게 고개를 숙이며 부탁을 하는 것이다. 과연 반대의 입장이라면 자신이 할 수 있을까 하는 마음에서 생기는 두려움이었다.

"으음… 말해보게."

"체이스 제국의 황실과 다리를 놓아주셨으면 합니다."

"본국의 황실과 말인가?"

"그렇습니다."

"로크 제국 때문이겠지?"

마르틴 백작도 체이스 제국이 락토르를 침공한 것에 바짝 긴장한 채 관심을 기울이고 있었다. 락토르를 집어삼키면 로크 제국이 어떻게 나올지는 뻔했기 때문이었다.

"그 일이 아니면 백작님을 찾아 올 이유가 없지요. 전장에서 만난다면 모를까."

"크크크! 그건 그렇군. 전장이라……."

이안을 상대로 전장에서 맞상대하는 생각을 하자 다시금 호승심이 불길처럼 끌어 올랐다. 그러나 지금은 참아야 할 때였고 오히려 동맹이 될 수도 있는 상대를 도발해서 좋을 것이 없다는 생각이 들었다.

"본국을 비롯한 다른 나라들의 여론이 무척 안 좋다는 것은 알고 있나?"

"크리스토퍼 대공이 저지른 일입니다. 그에 대한 증거를 가지고 있습니다."

"그게 사실인가? 로크 제국이 저지른 일이 분명한가?"

"물론입니다. 그러니 이렇게 찾아왔지요."

"으음… 같이 가세. 주군께 먼저 보고를 올려야 하네."

이안은 마르틴 백작이 섬기는 주군이 누군지 알고 있었다.

락토르의 2/3 정도의 땅을 다스리는 체이스 제국의 3대 공작 중의 한 명인 라펠러 공작이었다. 그는 체이스 제국의 황제를 사위로 둔 최고 권력가이기도 했다.

"그 증거는 바로 보일 수 있어야 하네. 아시겠는가?"

"물론입니다. 걱정 말고 가시기나 하십시오. 하하하!"

이안의 자신감 넘치는 모습에 마르틴 백작은 고개를 끄덕이며 라펠러 공작에게 보고하기 위해 발걸음을 더욱 빠르게 움직였다. 몇 군데의 건물을 지나 마법사가 머무는 곳으로 도착한 그는 휘하 마법사가 인사하기도 전에 큰 목소리로 외쳤다.

"주군께 연락을 넣어라. 어서!"

"아, 알겠습니다."

마법사는 부리나케 마법 수정구로 연락을 취하고 곧장 라펠러 공작과 연결되었다.

"주군, 강녕하셨습니까!"

─하하! 요새 수련에 몰두한다더니 자네가 어쩐 일인가?

라펠러 공작은 두문불출하던 마르틴 백작이 자신에게 먼저 연락을 취한 것에 반가워하며 말했다.

"주군, 지금 이곳에 락토르 왕국의 이안 폰 레이너 백작이 왔습니다."

─이안 폰 레이너라… 많이 들어 본 이름이군. 그자가 왜 왔다고 하던가?

"락토르 사태를 일으킨 것이 크리스토퍼 대공이라는 증거를 가지고 왔답니다. 그가 락토르를 집어삼키기 위해서 협잡질을 했다는 겁니다."

―허허허! 그게 사실인가? 그래⋯ 어쩐지 이상하다 했어.

라펠러 공작은 이제야 뭔가 아귀가 맞아 들어간다는 생각에 껄껄 웃으며 다시 말을 이었다.

―그를 데리고 오게. 내 직접 황제 폐하께 보고를 할 것이니.

"알겠습니다. 바로 가겠습니다."

―그래, 수고하게.

연락이 끊기고 이안을 바라보는 마르틴 백작의 눈에는 형용할 수 없는 복잡한 기분을 느낄 수 있었다.

체이스 제국의 황도로 이동하는 것은 그리 오래 걸리지 않았다. 중요한 사안이라 여긴 라펠러 공작이 각 마탑을 움직여 공간 이동 마법진으로 순식간에 이동시킨 덕분이었다.

우웅! 스팟!

마지막 공간이동으로 황성에 도착한 이안과 마르틴 백작은 겹겹이 포위한 기사들 사이에 모습을 드러냈다.

"하아⋯⋯."

"크으!"

두 사람은 미친 듯이 공간 이동을 한 결과를 몸으로 직접 드러냈다. 마스터의 초인적인 신체가 아니었다면 쓰러졌어도 몇 번은 쓰러졌을 후유증이 일시에 올라온 것이다.

"무장을 해제해 주십시오."

이안이 정신을 차리기도 전에 다가 온 기사 한 명이 무장 해제를 요구했다. 적국이라고 할 수 있는 락토르의 마스터이니 당연한 요구였다.

"여기 있소."

이안은 벨트에 달려 있는 롱소드를 풀어서 건넸다. 그 검을 받아든 기사가 뒤로 물러나자 기사들 뒤에 있던 라펠러 공작이 다가왔다.

"이안 폰 레이너 백작이라고?"

"그렇습니다, 공작 전하!"

제국의 공작은 락토르의 국왕과 동급이니 전하라 칭해야 했다.

"크리스토퍼 그자의 흉계라는 증거를 가지고 있다고?"

"물론입니다. 그게 아니라면 이곳에 오지도 않았겠지요."

"하긴… 마스터가 흔해 빠진 존재가 아니니……."

마스터는 전술 병기로 칭해지는 존재로 전장에서 엄청난 위력을 발휘하는 존중을 받아 마땅한 초인이었다. 그런 초인이 적국의 심장부로 스스로 걸어 들어왔을 때는 그만한 이유가 있을 것이었다.

"폐하께서 기다리고 계시네. 각별히 조심하기 바라겠네."

"물론입니다, 전하!"

이안이 깍듯하게 대꾸하자 라펠러 공작은 흐뭇한 미소를 지으며 이안을 데리고 궁전으로 향했다.

"고하시게."

대전의 앞에서 시종장이 라펠러 공작을 맞이했다. 그는 정중한 인사와 함께 뒤를 따르고 있는 이안을 힐끗 쳐다보았다. 제법 날카로운 눈매로 머리끝부터 발끝까지 빠짐없이 쳐다보며 황제에게 위해를 가할 소지가 있는지 살폈다.

"내가 이미 무기를 회수했네. 그러니 걱정하지 말게."

"알겠습니다."

고개를 숙이며 대답한 시종장은 대전의 문을 열고 안으로 들어갔다.

쿵! 쿵!

"남부의 대영주이자 체이스 제국의 공작인 코탄 폰 라펠러 공작이십니다."

쿵쿵!

"락토르 왕국의 백작이자 소드 마스터로 알려진 이안 폰 레이너 백작입니다."

라펠러 공작과 이안의 직위와 이름을 호명하며 대전 안의 사람들에게 그들의 입장을 알렸다. 그러자 라펠러 공작이 먼저 안으로 들어가며 당당한 모습으로 좌중의 시선을 모았다.

'사람 여럿 기죽이는 곳이로구만.'

왕국의 대전과는 그 규모부터 차이가 확 벌어졌다. 모여 있는 귀족들과 대신들의 숫자도 5배는 더 넘어 보였고 그 인원이 300여 명이 넘었다. 그리고 그들의 뒤로 도열해 있는 로열가드들의 숫자는 그보다 2배에 이르렀다.

"위대한 체이스 제국의 태양이신 황제 폐하를 뵈옵니다!"

"일어나시오. 장인!"

체이스 제국의 황제인 베르탄트 카오니아 폰 체이스 황제는 장인이라 칭하며 라펠러 공작을 맞이했다. 아무리 황제라 해도 장인이자 남부의 대영주인 라펠러 공작에게만큼은 정중함을 갖춰 대우하는 모습을 보였다.

"락토르의 백작이자 기사인 이안 폰 레이너가 체이스 제국의 황제 폐하를 뵈옵니다."

"일어나라, 레이너 백작!"

황제는 적국의 젊은 소드 마스터가 자신을 찾아 온 것에 무척 큰 호기심을 드러냈다. 그리고 미리 알려온 바에 의하면 숙적이자 끝내 넘어야 할 산인 로크 제국의 치부와 연관된 것을 가지고 왔다지 않던가.

"백작이 짐을 찾아온 이유가 로크 제국과 관련된 것이라고 들었다. 사실인가?"

"그렇사옵니다. 크리스토퍼 대공의 만행으로 아국인 락토르가 몰락의 길을 걷고 있고 그것을 어떻게든 세상에 알려 막아내고자 함이옵니다."

"만행이라… 증명해 보라."

황제의 말에 이안은 한걸음 뒤로 물러나 아공간 반지를 오픈시켰다.

"아공간 오픈!"

후웅! 파앗!

검은 기류가 일렁이며 아공간이 열리자 로열가드들이 바짝 긴장했다. 그러나 황제가 손을 들어 제지하자 원래의 자리로 돌아갔다.

"이것은 현미경이라는 것으로 데스블러드라 크리스토퍼 대공이 말한 것의 정체를 규명하기 위한 물건입니다. 마법사이신 귀족분의 도움이 필요합니다."

"아르제온 후작이 도움을 주도록 하라."

"명을 받드옵니다, 폐하!"

하얀 수염을 길게 늘어트린 노마법사가 고개를 숙인 후 이안의 옆으로 다가왔다.

"이 구멍에 눈을 대면 무언가가 보일 것입니다."

"어디 보세."

아르제온 후작은 현미경의 모습을 신기해하며 이안이 알려준 대로 눈을 가져다 댔다.

"호오! 이게 무엇이오?"

"데스블러드의 정체입니다."

"이게 데스블러드라는 것이오? 놀랍구려."

"이제 데스블러드에 사람의 피를 떨어트리겠습니다."

이안은 황제와 모두가 또렷하게 들을 수 있도록 살짝 마나를 실어 말했다. 그리고 로이건 자작이 시연했던 대로 유리 스틱에 손끝에 상처를 내서 피를 떨어트렸다.

"보이십니까? 방금 더해진 것이 제 피입니다."

"그, 그렇구려."

피라는 것이 이런 모습이라는 충격에 아르제온 후작은 놀란 눈을 감지도 못하고 계속해서 지켜보았다.

"허… 이럴 수가……."

아르제온 후작은 데스블러드가 떨어진 혈액을 잡아먹는 광경을 보고 크나큰 충격을 받았다.

"그처럼 데스블러드는 사람의 피를 잡아먹습니다. 그래서 인간은 데스블러드에 걸리면 좀비처럼 피가 모두 사라져서 죽게 되는 겁니다."

"허허… 놀라운 일이오. 정말 놀라워……."

아르제온의 발언에 모두는 현미경이라는 물건으로 본 데

스블러드의 정체에 호기심을 드러냈다.

"이제 신성 마법을 사용할 수 있는 분이 저 데스블러드에 큐어 마법을 시전해 주시기 바랍니다."

"알퐁소 추기경이 도움을 주도록!"

"예, 폐하!"

귀족들이 모여 있는 곳에 조용히 있던 신관 복장의 사내가 이안의 말대로 신성 마법인 큐어를 펼쳤다.

"허허! 데스블러드가 소멸되는 구려. 정말이지 대단하오, 대단해."

큐어 마법에 의해서 소멸되는 광경을 모두 목격한 아르제온 후작은 이안에게 엄지를 치켜세우며 극찬했다.

"그것이 기존의 데스블러드고 이것이 크리스토퍼 대공이 주장하는 데스블러드입니다. 보시죠."

이안은 유리 스틱을 바꿔서 다시금 처음부터 반복해서 보여주었다. 마지막으로 알퐁소 추기경의 큐어 마법에도 죽지 않는 것을 보여주고 난 후에야 다시 입을 열었다.

"그것이 죽지 않는 이유는 키메라이기 때문입니다. 흑마법사들이 만들어낸 죽음의 키메라이지요."

"으음… 그럴 수가……."

아르제온 후작과 알퐁소 추기경은 침음성을 흘리며 크리스토퍼 대공이 저 키메라를 체이스 제국에 뿌렸을 때를 떠올리며 치를 떨었다.

"다행히 저와 로이건 자작이 힘을 합쳐서 그 키메라를 죽이는 시약을 만들어 냈습니다. 바로 이 프록시나라는 시약입니다."

"어디 봅시다."

아르제온 후작은 프록시나가 키메라를 죽이는 것을 확인하고자 했다. 저 키메라가 체이스 제국에 풀렸을 때 그것을 막자면 반드시 손에 넣어야 할 물건이기 때문이었다.

똑! 또똑!

이안이 두방울을 유리 스틱에 떨어트리자 아르제온 후작은 그것이 키메라를 분해시키는 놀라운 광경을 목도할 수 있었다.

"정말이구려. 대단한 일을 하셨소이다. 허허! 허허허허허!"

아르제온 후작은 이안이 마법사라는 것은 알았지만 이처럼 대단한 능력을 가진 마법사인 줄은 몰랐다며 칭찬의 말을 아끼지 않았다.

"허나 말이야. 그것이 크리스토퍼 그자가 했다는 증거가 되지는 않지. 락토르의 국왕이 만들어냈을 수도 있는 문제가 아닌가 말일세."

체이스 황제는 가장 원론적인 문제를 제기하며 딴지를 걸었다. 그러자 이안은 피식 미소를 지으며 아공간에서 또 하나의 물건을 꺼냈다.

"그 증거는 여기에 있습니다. 액티베이션!"

후웅! 스스스스슷!

허공 중에 빛기둥이 만들어지고 그것은 이내 누군가의 모습을 보여주었다.

"저들이 누구인가?"

"크리스토퍼 대공의 수하들입니다. 두 명의 소드마스터이고 검은 로브를 입은 자가 7클래스의 흑마법사입니다."

이안의 설명에 황제 이하 모두는 그들의 모습을 처음부터 끝까지 지켜 보았다. 그리고 그들이 나누는 대화를 통해서 처음부터 아는 사이였고 크리스토퍼 대공의 부하라는 것도 알 수 있었다.

'아레나의 공이 컸다.'

혹시하는 마음으로 가논을 아레나의 던전에 갇혀 있는 두 사람과 만나게 했었다. 가둔다는 식으로 알게 하고 한곳에 던져놓자 그들은 서로 아는 척하며 빠져나갈 작당을 했었다. 그것을 아레나가 몰래 마법으로 저장해 놓은 것이었다.

"이런 찢어죽일 놈을 보았는가! 하긴 로크 제국놈들이 하는 짓이 다 그렇기는 하지만. 에잉!"

황제는 영상이 끝나자 혀를 차며 로크 제국의 욕을 해댔다. 그것은 체이스 제국의 귀족들도 마찬가지였는데 하나같이 락토르가 불쌍하다는 반응이었다.

'좋아… 이 정도면 해볼 만하다.'

이안은 현미경을 아공간 반지에 도로 집어넣으며 당당하게 가슴을 폈다. 그리고 황제를 직시하며 또렷한 어조로 이야기했다.

"이제 담판을 지으시지요, 폐하!"

"담판이라… 그래, 어디 그 담판이라는 것을 해보지."

황제는 자신을 향해서 저렇게 당당한 모습을 보일 수 있는 젊은이가 있다는 것이 새로웠다. 그리고 그 유쾌한 마음으로 담판이라는 것에 임하기 시작했다.

"기간트 200기만 빌려 주십시오."

"기간트 200기를 말인가? 호오!"

황제는 체이스 제국의 참전을 원하리라 생각했었다. 하지만 눈앞의 젊은이는 참전이 아닌 기간트를 빌려달라고 청하고 있었다. 그 말은 자신들의 힘으로 충분히 이겨낼 수 있다는 뜻이라 추측했다.

"기간트만 있다면 이겨낼 수 있다는 건가? 아국의 도움이 없이도 말이야."

"물론입니다. 모자란 기간트 전력만 충원할 수 있다면… 협잡꾼들의 군대 따위는 적수가 아닙니다."

당당하게 선언하는 이안의 눈빛은 그 누구보다 밝게 빛나고 있었다. 그리고 그 모습을 보는 체이스 제국의 귀족들은 모두가 감탄하며 이안의 기개를 칭찬했다.

"도와주시옵소서, 폐하!"

"그렇사옵니다. 악적 로크놈들에게 크게 한방 먹일 수 있는 기회라 여겨지옵니다. 도움을 주시옵소서!"

귀족들이 이구동성으로 이안의 요구를 들어주라 청했다. 그러자 묵묵히 듣고 있던 체이스 황제는 자리에서 일어나며 영광의 홀이라 칭해지는 보홀을 높이 치켜들었다.

"나 체이스 제국의 황제이자 만국의 으뜸인 이가 명하노라!"

"명을 받드옵니다, 폐하!"

"지금 즉시 락토르의 젊은 영웅이 청한 부탁을 들어주도록 하라! 그리고 라펠러 공작은 짐을 대신하여 간악한 크리스토퍼를 벌주고 돌아오라!"

"충! 명을 받들겠사옵니다!"

라펠러 공작이 무릎을 꿇으며 대답하자 다른 귀족들 역시 입을 모아 복명했다. 그들의 모습을 보며 이안은 드디어 조국 락토르가 살아날 수 있다는 것에 안도했다.

『이안 레이너』8권에 계속…

미러클
테이머

인기영 장편소설
FUSION FANTASTIC STORY

MIRACLE
TAMER

이계로 떨어져 최강, 최고의 테이머가 되었다.
그러나… 남은 것은 지독한 배신뿐.

배신의 끝에서 루아진은 고향, 지구로 되돌아오게 되는데……
몬스터가 출몰하기 시작한 지구!
그리고 몬스터를 길들일 수 있는 테이머 루아진!
그 둘의 조합은……?

『미러클 테이머』

바야흐로 시작되는
테이머 루아진과 몬스터들의 알콩달콩한
대파괴의 서사시!!

Book Publishing CHUNGEORAM

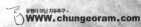

유행이 아닌 자유추구 -
WWW.chungeoram.com

FUSION FANTASTIC STORY

텀블러 장편소설

현대 천마록

천하를 호령하고 전 무림을 통합한
일월신교의 교주 천하랑.
사람들은 그를 천마, 혹은 혈마대제라고 불렀다.

『현대 천마록』

무공의 끝은 불로불사가 되는 것이라 생각했지만
그로서도 자연의 섭리 앞에선 어쩔 수 없었다!

'그렇게 많은 피를 흘렸음에도 불구하고
죽을 때가 되니 남는 것이 없군그래.'

거듭된 고련 끝에 천하랑의 영혼이
존재하지 않게 된 그 순간
그의 영혼은 현세에서 천마로서 눈을 뜬다!

Book Publishing CHUNGEORAM

유행이 아닌 자유추구 -
WWW. chungeoram.com

FUSION FANTASTIC STORY
가프 장편소설

시크릿 메즈
SECRET MEZ

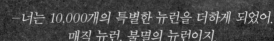

―너는 10,000개의 특별한 뉴런을 더하게 되었어.
매직 뉴런, 불멸의 뉴런이지.

실험실 알바를 통해 만난 '6번 뇌'.
우연한 만남은 이강토를 신비의 세계로 이끈다.

『시크릿 메즈』

매직 뉴런을 탑재한 이강토의
정재계를 아우르는 좌충우돌 정의구현!
긴장하라, 당신이 누구든 운명은 이미 그의 손안에 있으니!

"무슨 꿍꿍이가 있는지, 어디 한번 봐볼까?"

Book Publishing CHUNGEORAM

유행이 아닌 자유추구 -
WWW.chungeoram.com